낭송 제주도의 옛이야기

이 책은 한국학중앙연구원(www.aks.ac.kr)이 설화, 민요, 무가 등의 구비문학 자료를 수집정리하여 출간한 '한국구비문학대계' 85권 가운데 『한국구비문학대계 9-1 제주도 북제주군편』, 『한국구비문학대계 9-2 제주도 제주시편』, 『한국구비문학대계 9-3 제주도 서귀포, 남제주군편』에서 풀어 읽은이가 선별하여 내용을 추리고 낭송에 적합하도록 윤문한 것으로, 한국학중앙연구원으로부터 저작물 이용 허락을 받았습니다.

낭송Q시리즈 민담·설화편 낭송 제주도의 옛이야기

발행일 초판6쇄 2024년 11월 30일(甲辰年 乙亥月 戊戌日) | **풀어 읽은이** 박정복 |
펴낸곳 북드라망 | **펴낸이** 김현경 | **주소** 서울시 종로구 사직로8길 34 307호(내수동, 경희궁의아침 3단지) |
전화 02-739-9918 | **이메일** bookdramang@gmail.com

ISBN 979-11-86851-53-1 04810 979-11-86851-49-4(세트) | 이 도서의 국립중앙도서관 출판시도서목록(CIP)은 서지정보유통지원시스템 홈페이지(http://seoji.nl.go.kr)와 국가자료공동목록시스템(http://www. nl.go.kr/kolisnet)에서 이용하실 수 있습니다.(CIP제어번호: CIP2017005515) |

책으로 여는 지혜의 인드라망, 북드라망 www.bookdramang.com

낭송
Q
시리즈

민담·설화편
04

낭송 제주도의 옛이야기

박정복
풀어
읽음

티

▶낭송Q시리즈 민담·설화편 『낭송 제주도의 옛이야기』 사용설명서◀

1. '낭송Q'시리즈의 '낭송Q'는 '낭송의 달인 호모 큐라스'의 약자입니다. '큐라스'(curas)는 '케어'(care)의 어원인 라틴어로 배려, 보살핌, 관리, 집필, 치유 등의 뜻이 있습니다. '호모 큐라스'는 고전평론가 고미숙이 만든 조어로, 자기배려를 하는 사람, 즉 자신의 욕망과 호흡의 불균형을 조절하는 능력을 지닌 사람을 뜻하며, 낭송의 달인이 호모 큐라스인 까닭은 고전을 낭송함으로써 내 몸과 우주가 감응하게 하는 것이야말로 최고의 양생법이자, 자기배려이기 때문입니다(낭송의 인문학적 배경에 대해 더 궁금하신 분들은 고미숙의 『낭송의 달인 호모 큐라스』를 참고해 주십시오).

2. 낭송Q시리즈는 '낭송'을 위한 책입니다. 따라서 이 책은 꼭 소리 내어 읽어 주시고, 나아가 짧은 구절이라도 암송해 보실 때 더욱 빛을 발합니다. 머리와 입이 하나가 되어 책이 없어도 내 몸 안에서 소리가 흘러나오는 것, 그것이 바로 낭송입니다. 이를 위해 낭송Q시리즈의 책들은 모두 수십 개의 짧은 장들로 이루어져 있습니다. 암송에 도전해 볼 수 있는 분량들로 나누어 각 고전의 맛을 머리로, 몸으로 느낄 수 있도록 각 책의 '풀어 읽은이'들이 고심했습니다.

3. 최고의 양생법이자 새로운 독서법으로서의 '낭송'을 처음 세상에 알린 **낭송Q시리즈의 시즌 1**은 **동청룡·남주작·서백호·북현무편**으로 이루어져 있으며, 사계절의 기운을 담고 있는 것을 특징으로 합니다. 동청룡편에는 봄의 창조적 기운, 남주작편에는 여름의 발산력과 화려함, 서백호편에는 가을의 결단력, 북현무편에는 지혜와 상상력을 키울 수 있는 고요함을 품은 고전들이 속해 있습니다. 각 편 서두에는 판소리계 소설을, 마무리에는 네 편으로 나눈 『동의보감』을 하나씩 넣었고, 그 사이에 유교와 불교의 경전, 동아시아 최고의 명문장들을 배열했습니다.

▷ <u>동청룡</u> : 『낭송 춘향전』, 『낭송 논어/맹자』, 『낭송 아함경』, 『낭송 열자』, 『낭송 열하일기』, 『낭송 전습록』, 『낭송 동의보감 내경편』

▷ <u>남주작</u> : 『낭송 변강쇠가/적벽가』, 『낭송 금강경 외』, 『낭송 삼국지』, 『낭송 장자』, 『낭송 주자어류』, 『낭송 홍루몽』, 『낭송 동의보감 외형편』

▷ 서백호 : 『낭송 흥보전』, 『낭송 서유기』, 『낭송 선어록』, 『낭송 손자병법/오자병법』, 『낭송 이옥』, 『낭송 한비자』, 『낭송 동의보감 잡병편 (1)』

▷ 북현무 : 『낭송 토끼전/심청전』, 『낭송 도덕경/계사전』, 『낭송 대승기신론』, 『낭송 동의수세보원』, 『낭송 사기열전』, 『낭송 18세기 소품문』, 『낭송 동의보감 잡병편 (2)』

4. **낭송Q시리즈 시즌 2**는 고전과 몸 그리고 일상이 조화를 이루는 훈련으로서의 낭송에 초점을 맞추었습니다. **샛별편**에는 전통시대의 초학자들이 제일 먼저 배우며 가장 오래도록 몸과 마음에 새겨 놓은 고전을 담았고, **원문으로 읽는 디딤돌편**은 몸으로 원문의 리듬을 익혀 동양 고전과 자유자재로 접속할 수 있는 힘을 키울 수 있도록 했습니다. 또 **민담·설화편**은 입에서 입으로 전해지는 낭송의 진수를 보여 주는 우리나라 각 지역의 옛날이야기들을 모았으며, **조선왕조실록편**은 조선 태조로부터 철종에 이르기까지 25대 472년간의 역사를 연월일 순서에 따라 편년체로 기록한 조선왕조실록을, **여행기편**은 근대 이전 여행의 기록들을 낭송에 맞게 새롭게 엮었습니다.

▷ 샛별편: 『낭송 천자문/추구』, 『낭송 명심보감』, 『낭송 격몽요결』, 『낭송 사자소학』

▷ 원문으로 읽는 디딤돌편: 『낭송 대학/중용』, 『낭송 주역』, 『낭송 논어』

▷ 민담·설화편: 『낭송 강원도의 옛이야기』, 『낭송 경기도의 옛이야기』, 『낭송 경상북도의 옛이야기』, 『낭송 경상남도의 옛이야기』, 『낭송 인천·경기북부의 옛이야기』, 『낭송 전라남도의 옛이야기』, 『낭송 전라북도의 옛이야기』, 『낭송 제주도의 옛이야기』, 『낭송 충청남도의 옛이야기』, 『낭송 충청북도의 옛이야기』

▷ 조선왕조실록편: 『낭송 태조실록』, 『낭송 태종실록』, 『낭송 세종실록』, 『낭송 성종실록』

▷ 여행기편: 『낭송 18세기 연행록』, 『낭송 19세기 연행록』

5. 낭송Q시리즈 민담·설화편인 이 책 『낭송 제주도의 옛이야기』는 『한국구비문학대계』 북제주군편, 제주시편, 서귀포·남제주군편을 대본으로 하여 풀어 읽은이가 그 편제를 새롭게 해서 각색하고 엮은 것입니다. 단, 각 이야기의 출처 지역은 행정구역의 변동 등으로 분명치 않은 곳이 있어 『한국구비문학대계』에 표기된 지역을 그대로 따랐습니다.

차례

낭송
제주도의 옛이야기

濟州道

5부

6부

머리말

제주 설화, 무의식에 새겨진 힘

1. 제주 설화와의 만남

나는 제주 토박이다. 어릴 적 아이들과 자주 바닷가에 가서 놀았다. 제주의 해안가는 절벽이거나 크고 작은 돌들이 밭처럼 길고 넓게 펼쳐진 데가 많다. 헤엄을 치면서 놀다가 썰물이 되어 물이 빠지기 시작하면 우리가 헤엄치는 바다 밑의 돌들이 서서히 드러나기 시작한다.

그러면 우리는 헤엄을 멈추고 그 돌밭의 돌들을 일으켜 본다. 거기엔 뭇 생명들이 와글와글했다. 보말고동, 깅이게, 구젱기소라, 뭉게문어 같은 것들이 있다가 화다닥 도망가기에 바쁘다. 우리는 빨리 도망 못 가는 보말이나 구젱기는 얼른 쓸어 담고, 빠른 깅이는 재빨리 쫓아가 손으로 덮치고, 돌구멍에서 안 나오려는 뭉게와는 피나는 사투를 벌인다. 바위처럼 큰 돌은 여럿이 힘을 합쳐 들어 올려 수확을 올렸다. 주전자에 소복이 담고 돌아올 때의 기쁨이란!

이제 예순이 넘어 뜻밖에 옛날과 같은 기쁨을 다시 누려 보게 되었다. 제주의 옛이야기들을 만나게 되면서다. 제주의 옛이야기 속에는 제주인들이 살아온 삶이 재미나는 사투리로 펄펄 살아 있었다. 어릴 적에 보았던 바닷가 돌 밑의 생명들처럼. 토박이인 나조차도 알기 어려울 만큼 오리지널 사투리도 있었지만 조금만 힘을 내어 사투리의 돌들을 들어 올리면 갖가지 삶들을 잡아 올릴 수 있었다.

설문대 할망이 제주를 만든 것에서부터 제주인들의 풍수, 신앙, 장수들 이야기, 제주만의 온갖 풍습 등—문명에 휘둘리지 않은 날것 그대로의 삶이었다. 이야말로 진정 '역사'라는 생각이 들었다. 역사책에서는 들을 수 없는 역사. 그리고 그것은 역시 사투리로 말할 때 빛을 발하는 것이었다. 보는 듯했고 들리는 듯했다. 내가 이 말을 알아들을 수 있다는 게 얼마나 행운인지!

이제는 제주 사람들조차도 제주 말을 거의 쓰지 않는다. 제주 말은 점점 사라지고 있다. 그래서 더 제주도의 옛이야기들을 세상에 알리고 싶었다. 낭송하기 좋도록 구성했다. 대화에서는 사투리를 뜻이 어느 정도 통할 수 있는 한도 내에서 최대한 살리고, 어려운 말은 옆에 작은 글씨로 뜻을 풀이했다. 대화체가 아니더라도 제주인들의 고유한 말투나 정감 있는 특별한 어휘는 군데군데 살려 놓았다. 제주 설화와 함께 제주 말이 낭송의 묘미를 맛보는 데 도움이 되었으면 좋겠다.

2. 제주 설화의 매력

제주에 전해 내려오는 이야기 중에는 어릴 때 어머니에게 들은 것들도 있었는데 다시 읽어도 재미있기는 마찬가지다. 웃음이 터질 때가 많았다. 가령 설문대 할망은 가는 데마다 똥을 누는데 그것은 몰록몰록척척 거든하게 360개의 오름이 된다. 오줌 줄기는 얼마나 센지 성산포의 한 귀퉁이가 잘려 나가 우도가 되고 그 앞의 바닷물이 된다. 냄새나고 더러운 똥오줌으로 제주의 자연을 만들었다니!

제주에선 예부터 똥오줌을 귀히 여겼다. 집집마다 돼지를 키우면서 사람의 똥을 먹게 하고 보리짚을 듬뿍 깔아 주어 퇴비를 만든 다음 그해 보리농사에 거름으로 쓴다. 제주의 땅은 화산재와 현무암이 풍화하여 된 것이어서 매우 척박하다. 그나마도 거센 바람에 겉흙이 날려 버릴 정도로 농사짓기에 부적합하다. 그런 땅에 이보다 더 좋은 거름은 없었을 것이다. 이러기를 오랜 세월 반복하면서 제주인들에게 똥오줌은 절실하게 필요했을 것이기에 이런 이야기가 만들어진 게 아닐까?

또 제주에는 물이 귀한데 이는 중국의 진시황이 풍수 보는 사람을 제주로 보내 물의 맥을 끊어 버렸기 때문이란다. 원래는 좋은 물이 많았는데 물 좋은 곳에 인물이 난다고 믿은 진시황이 제주에서 인재가 많이 나와 중국을 침범할까 봐 두려워했기 때문이라는 것. 얼마나 황당한 이야기인가? 천하의 진시황이 좁쌀만 한 제주를 어찌 알았겠으며 뭐가 아쉬워 제주를 두려워했겠는가? 얼토당토않은 허구의 상상력!

하지만 이게 설화說話의 매력, 구비문학口碑文學의 매력이다. 구비문학은 입에서 입으로 첨삭되면서 전해지는 필부匹夫들의 이야기이다. 글자가 아닌 말이기 때문에 '뻥'이 가능하고 오랜 세월 입에서 입으로 전해지면서 뻥은 점점 커지고 이 정도의 뻥은 돼야 설화 축에 끼일 수가 있다. 전통이나 도덕, 이데올로기에서 벗어나 있는 것이 설화요 구비문학이다.

그렇다면 이런 이야기들을 옛사람들은 어떻게 지어 냈을까? 일부러 지어 냈을까? 아니다. 일부러 지어 냈다면 이렇게까지 얼토당토않을 리가 없다. 의식적으로 지어 낸 말이 아니다. 자기도 모르게 저절로 나온 이야기. 그렇다. '무의식'의 표현이다. 무의식은 이성이나 논리적인 방식으로 표현되지 않는다. 이성으로 이것과 저것, 옳고 그름을 분별할 여유가 없이 아주 절실했을 때 자신도 모르게 하게 되는 말이나 행동. 그게 무의식의 표현이다(다만 의식은 그것이 무의식의 활동인 줄을 알지 못할 뿐이다). 설화도 무언가 절실한 필요에 의해서 무의식적으로 말해진 이야기다. 그러니까 설화에는 그저 웃고만 말 수는 없는, 시처럼, (꿈처럼) 여러 겹의 뜻이 (숨어) 있다고 할 수 있다.

3. 설문대 할망과 후예들의 이야기

『낭송 제주도의 옛이야기』 1부는 '제주 어디에나 설문대 할망의 숨결이'란 제목으로 제주를 대표하는 설화인 '설문대 할망' 이야기를 담았다. 아주 오래되어 짧은 이야기들이 조각조각 파편으로 남아 있지만 여러 겹의 비유와 상징으로 해석의 여지가 풍부하다. 설문대 할망은 혼돈의 우주를 열어젖히고 제주 섬을 만들 만큼 힘센 거녀巨女이다. 그럼에도 육지로 가는 다리는 놓지 못한다. 아니, 안 놓았다고 해야 옳을 것 같다.

만약 다리를 놓았다면 섬 사람으로서의 제주인은 없다. 제주인을 살아가게 하는 건 제주 섬이라는 조건이었다. 제주 섬은 유난히 환경이 혹독하다. 땅은 거의 바위와 돌멩이가 박혀 있고 화산재로 덮여 있어 농사가 힘들다. 화산지대여서 비가 와도 물이 땅 속으로 스며들어 해안가가 아니면 물이 거의 없다. 태풍이 잦아 겨우 일구어 놓은 곡식마저도 쓰러지기 일쑤다. 바다마저 거칠어서 배를 띄우기가 힘들었다. 늘 배고팠던 제주인들.

그러나 고난이야말로 삶을 더욱 삶답게 한다는 것을 제주 설화는 보여 준다. 2부에서 6부까지는 설문대 할망의 후예들이 이 지역적 한계를 어떻게 돌파해 나갔는지 그에 따른 갖가지 사연들을 배치했다. 삶이 절박할수록 다양한 사연들이 끝없이 생겨날 수밖에 없고 따라서 그 사연들에 대한 이야기도 끝날 줄 모른다. 제주도 내에서도 밭이 작고 토질이 빈약한 동쪽 지역이 서쪽 지역에 비해 설화가 더 많고 제주도 설화가 다른 지역 설화에 비해 유독 길고 극적이며 서사적 짜임새를 갖춘 이유도 이 때문이다.

2부에는 '제주인의 신앙'과 관련된 이야기를 모았다. 무속신앙, 도깨비와 뱀을 모시는 이야기, 조상신을 모시는 이야기이다. 제주에는 '당堂 오백 절 오백'이라는 말이 있을 만큼 무속과 불교 신앙이 융성하다. 특히 무속신앙은 제주 전역에 뿌리 깊게 내려져 있다. 마을마다 그 마을을 지키는 할망을 수호신으로 모셔 놓고 제를 지내면서 농사와 바다의 안녕을 빈다. 도깨비와 뱀을 모시는 지역도 있다. 중앙에서 파견된 관리[牧使]가 신을 모신 당들을 부수었을 때 당신堂神이 가차없이 복수하는 설화를 지어 낼 만큼 무속의 영향은 컸다고 할 수 있다.

제주에는 효孝에 관한 설화가 별로 없는 대신에 제사에 대한 설화는 많다. 제주의 노인들은 살았을 때는 움직일 수 있는 한 자식에게 의지하지 않고 죽은 다음에 제사는 받으려고 한다. 자식들도 제사를 잘 지내는 것을 최대의 효로 여긴다. 그래서 이런 설화가 생겼다고 할 수 있다.

3부는 '풍수'에 관한 이야기다. 제주인들은 제주 땅이 혈맥이 끊어졌다고 보면서도 땅에는 사람을 살리는 기운이 흐른다고 믿었다. 그것을 찾아내 도움을 받고자 했다. 물이 귀하기 때문에 물에 관한 설화를 만들었고 후손들의 융성을 위해 발복할 묏자리를 구하려 애썼다. 그러다 보니 제주의 지명들은 풍수와 관련된 곳이 많다. 더불어 풍수 보는 사람들의 위상도 높았다는 걸 알 수 있다.

뭐니뭐니 해도 제주 설화의 백미는 인물설화로 느껴졌다. 힘에 살고 힘에 죽는 장사들, 기는 장사 위에 나는 장사들—역시 설문대 할망의 후예답다. 비록 날개가 잘려서 영웅이 되지 못하고 실패에 실패를 거듭하지만 매 순간 자신의 처지에서 최선을 다해 힘을 쓰는 모습을 읽노라면 내 몸에서도 힘이 생겨나는 걸 느낀다. 이들이 죽음을 가볍게 통과하는 것도 삶을 충실하게 살았기 때문으로 보인다. 다른 지역에서 흔치 않은 여자 장사들의 이야기는 여성에 대한 통념을 바꾸게 해준다. 이 힘센 사람들의 설화는 양도 많고 길이도 매우 길다. 단편소설을 읽는 느낌이 들 정도다. 그래서 '힘센 사람들'을 엮은 4부는 다른 부에 비해 양이 좀 많아졌다.

5부에는 힘센 장사도 아니고 재자가인才子佳人: 재주 있는 남자와 아름다운 여자를 아울러 이르는 말도 아니지만 그렇다고 평범하지만도 않은 개성 있는 특출한 인물들의 이야기를 모았다. 제주에선 '이름 난 사람들'이다. 특히 지혜롭게 병을 고치는 이야기가 다른 지역보다 제주에 있다는 게 새로웠다.

사는 게 고될수록 재미있는 일도 많다는 걸 설화는 보여 준다. 속고 속이고 도둑질하고… 좌충우돌 살아가는 이야기들. 성윤리도 옛날엔 지금보다 훨씬 느슨했다는 걸 알 수 있다. '이래서 웃고 저래서 웃지'로 마지막 6부를 엮었다. 배고픈 시절에 오히려 웃을 일이 많고 여유 있는 삶이 가능했다는 걸 보면서 우리는 꼭 지금처럼 살아야만 하는지 돌아보게 된다.

4. 치유는 낭송으로

돌아가신 나의 어머니는 옛날 『천자문』을 꽤 길게 외우셨다. 신기했다. 어머니는 한글도 모르셨기 때문이다. 어떻게 글자도 모르는데 외우느냐고 물어보면 밤에 탕건말총으로 남자의 관건을 짜는 일 하다가 건넌방에서 들려오는 오라바님들의 책 읽는 소리를 듣고서 저절로 외워졌노라고 했다.

어머니는 또 옛이야기를 곧잘 들려주곤 하셨는데 누구한테 들었느냐고 물어보면 큰어머니께 들었노라고 했다. 아들이 많은 집안에 태어난 귀한 딸이라며 당신을 아끼면서 별별 이야기를 다 해주셨다고 큰어머니를 회상하곤 하셨다.

이처럼 나의 어머니대까지만 해도 소리 내 읽고 말하고 다시 전하는 일, 즉 낭송은 일상사였다. 그런데 언제부터인가 낭송은 무조건적인 암기여서 창조적인 것이 아니라고 배척당했다. 나 역시 그런 줄로 알았다.

하지만 그동안 낭송할 기회가 있어 몇 번 해보니 낭송이야말로 이치를 깨치는 최고의 방법이었다. 물론 외우는 과정이 좀 힘들긴 하다. 오히려 첫날엔 잘 외워진다. 그러나 하룻밤 자고나면 뒤죽박죽 섞이고 더러는 까맣게 잊어버리는 것도 있다. 그래도 다시 떠올리며 외우고, 잊어버리고 다시 외우기를 사나흘 반복하면 어느덧 입에서 술술 나온다. 조사 하나, 어미 하나까지도 그대로 외워 보려고 아등바등하다 보면 어느 순간 "아하!" 하고 감이 온다.

이렇게 해도 그 순간이 지나면 또 잊어먹는다. 하지만 지혜로운 소리에는 기운이 있다. 한의학에 따르면 목소리는 오장육부 중 신장이 주관하고 신장은 뼈와 연결되어 있다. 낭송을 하면 내용은 사라져도 소리의 기운은 뼈에, 근육에 새겨진다. 이는 무의식에 새겨진다는 말이다. 그랬다가 어느 절실한 순간이 되면 다시 살아나면서 사람들 간의 관계를 맺어 주고 말하는 자신을 치유한다.

흔히들 제주 사투리는 외국어 같다고 한다. 다른 지역 말과는 달라도 너무 다르다며 낯설어한다. 하지만 이번에 서울에서 제주 설화들을 엮으면서 궁금해하는 사람들이 있어 들려주었더니 재미있다고 야단이었다. 제주 사투리가 정겹다며 금방 따라했고 그 어색하고 서투른 억양 때문에 한바탕 웃곤 했다. 제주 사람이 따로 없었다. 공부방에서든 산책할 때든 밥을 먹을 때든 언제 어디서나 말할 수 있었다. 서울과 지방, 중심과 주변, 표준어와 사투리, 너와 나의 경계가 허물어지는 현장이었다.

어머니가 나에게 옛이야기를 들려주던 나의 어린 시절은 외아들인 오빠가 10년 넘게 병을 앓아 가산은 없어지고 끼니마저 걱정할 때였다. 훗날 나는 어머니가 어떻게 그 와중에도 옛이야기를 말할 여유가 있었는지 궁금했다. 그런데 이번에 제주 설화를 엮으면서 알았다. 이야기하는 것 자체가 치유였다는 것을. 어머니는 이야기로 자신의 고단한 삶을 치유하고 있었던 것이다. 그 힘센 설문대 할망과 장사들 이야기를 하며 뼈에 근육에 힘을 길렀던 것이다. 제주인들은 그렇게 살았다. 낭송은 절실한 실존의 문제였던 것!

이제 제주는 설화가 무색할 만큼 달라지고 있다. 더 이상 배고프지 않은 지 오래되었고 귀했던 제주의 물은 세계로 팔려 나간다. 척박하고 뱃길이 험하다 해서 외면당하던 땅이 이제는 공기 좋고 살기 좋은 섬으로 인식되어 외국인들까지 몰려들고 있다. 힐링의 섬, 치유의 섬으로 불리면서.

제주 설화를 낭송한다면 제주가 단순히 아름다운 풍경으로만 보이지는 않을 것이다. 제주는 치열한 삶의 현장이고 치유의 현장이다. 그리고 진정한 치유로서 낭송만 한 게 없다. 『낭송 제주도의 옛이야기』로 제주의 기운에 접속해 보시기를. 뼈와 근육에 힘을 길러 보시기를. 다시 남들에게 전해 주어 구비문학의 창작자요, 전승자가 되어 보시기를.

1부

제주 어디에나 설문대 할망의 숨결이

1-1. 제주를 만든 거인

제주도는 설문대 할망이 만들었다고 해. 아주 옛날에는 하늘과 땅이 한덩어리였는데 설문대 할망이 답답해서 이걸 떼어 놓았다는 거라.

틈을 내서 하늘은 위로 가게 하고 땅은 아래로 가게 했지. 한라산이 무릎 아래에 올 만큼 키도 크고 힘도 세니까 할 수 있었던 거지. 그런데 아래는 보니까 땅이 아니고 다 물바당물바다인 거라. 이거 아니 되겠다 해서 큰 치마로 흙을 날라 왔어. 흙을 고구마 모양으로 둥그스럼하게 쌓아 놓으니 제주도가 된 거지.

그 다음엔 산을 만들어 보려고, 또 흙을 치마에 담아서 날라 오는데 치마에 구멍이 나 있어서 걸을 때마다 흙이 조금씩 떨어져 내렸어. 그게 오름이 되었다고 해. 오름은 바닷가에도 있고 산간에도 있고 동서남북에 다 있지. 300개가 넘어. 마침내 제주도 가운데에 가서 흙을 모두 내려 놓으니 그게 한라산이라. _오라동

1-2. 오름도 만들고 잠도 자고

옛날에 할머니한테 들었는데, 제주도 오름은 설문대 할망이 똥을 싸서 만든 것이라고 해. 설문대 할망은 몸이 엄청 크니까 먹기도 많이 먹고 똥도 많이 누었을 거 아니라? 할망이 한 번 똥을 누면 산처럼 높아서 사람들이 빠져서 나오질 못했다고 해. 사람들이 할망 앞에 가서 청을 했지. 똥을 이래저래여기저기 나눠서 눠 줄 수 없겠냐고 말이야.

할망이 그 말대로 이리저리 나눠 똥을 누니까 오름이 300개가 넘게 되었어. 어렵지도 않았겠지. 워낙 큰 할망이니까 조금만 궁둥이를 돌리면 되었을 테지.

한라산도 만들고 오름도 만드느라 지치면 누워서 잠을 잤는데, 할망은 워낙 몸집이 크니까 잠잘 때는 제주도가 그득했다고 해. 동쪽으로 머리를 두고 누우면 서쪽 바당바다에 발이 빠져서 저 마라도에 발을 걸쳤다고 해. 북쪽으로 머리를 두고 누우면 서귀포 앞바당에 발이 빠지니까 섶섬한자 이름은 삼도(森島). 서귀포시에 딸린 무인도에 발을 놓았다고 하지. 그렇게 누워서 한라산에 허리를 대고 기대어서 잤다고 하지. 그래야만 편히 오래 잘 수 있었던 모양이야.

한라산을 베개 삼고 누울 때는 발이 저 제주시 앞바당에 있는 관탈섬제주 북쪽에 위치한 무인도에 닿았다고도 하지. _오라동

1-3. 빨래하다가 오줌 누다가 섬도 거뜬히

설문대 할망은 워낙 손발이 길어서 빨래를 하면 한쪽 발은 저 서쪽 산방산에 디디고 다른 발은 저 동쪽 성산 일출봉에 디뎠어. 어마어마하지. 그리고 한라산을 방석으로 깔고 앉아서 제주시 산짓물에서 빨래를 했어. 빨래를 하다가 그만 모자가 떨어져서 바위가 되었는데, 꼭 족두리처럼 생겼어. 오라동 한내 남쪽에 '고지레도'라는 마을에 있지.

설문대 할망이 빨래하다가 오줌을 싸면 그 오줌 줄기가 얼마나 센지 땅을 움푹 패이게 해서 내川가 되어 흘렀다고도 하지. 또 계곡이 되었다고도 해. 한라산에서 바당바다까지 제주도를 빙 돌아가면서 곳곳에 내가 있는데, 이게 다 설문대 할망이 여기저기서 빨래하다가 싸 놓은 오줌 줄기들이라.

한번은 성산읍 오조리 식산봉에 한 발을 디디고 다른 쪽 발은 일출봉에 디디고 앉아서 오줌을 누었지. 오줌 줄기가 얼마나 셌는지 성산포 한 귀퉁이가 잘려 나가서 지금의 우도가 되었다고 해. 소가 누운 모양이라고 해서 소섬이라고도 하지. 우도를 가려면 성산포에서 배를 타는데 그 물살이 엄청 세. 할망의 오줌 줄기가 지금도 흐르는 거라. 옛날에는 거기서 배가 파선되면 빠져나오기 힘들었어. 할망 오줌이 세긴 세었던 모양이라. _오라동

1-4 밥하고 길쌈하고 짐승 잡고

제주에는 설문대 할망이 살았던 곳이 여러 곳이 있어. 저 성산 일출봉에 가면 커다란 바위 위에 또 하나 큰 바위를 올려 놓은 게 있거든. 그게 설문대 할망이 길쌈할 때 불 켜 놓았던 돌이라고 하는데, '등경돌'이라고도 불러. 할망은 그 바윗돌에 솔불을 올려 놓고 옷감을 짰던 거야. 옛날에는 전기가 없으니 송진을 긁어다가 솔불을 켰지. 할망은 키가 워낙 컸으니 바위 하나로는 너무 얕아서 하나를 더 올려놓은 거지.

저 애월 곽지리 산간에 가면 설문대 할망이 솥을 걸었던 바위 세 개가 있어. 솥을 거는 돌을 '솥덕'이라고 하는데 그 세 개의 솥덕에 큰 솥을 턱 올려 놓고 불을 때서 밥을 해 먹었대.

설문대 할망은 고기도 잘 잡았어. 지금 성산포 섭지코지를 '설문대 코지'라고도 하는데, 설문대 할망이 물고기를 몰아서 잡은 곳이야.

설문대 할망은 설문대 하르방하고 짐승도 잘 잡았지. 할망이 있으면 하르방도 있을 거 아니라? 하르방이 고기를 먹고 싶다고 하면 할망이 방법을 가르쳐 주었지.

"한라산 꼭대기에 가서 있다가 나 말대로만 협서하세요. 거기서 오줌을 누면서 낭나무을 그것으로 막 패어 두드리면서 오줌을 작작 골깁서갈기세요. 경허민그러면 산돼지이고 노루고 다 잡아질 텝주터이지요."

이리했더니 아닌 게 아니라 산돼지고 노루고 막 도망가. 하르방 오줌이 비바람인 줄 아는 거지. 설문대 할망은 그저 반듯하게 누워만 있어. 그러면 산돼지, 사슴, 노루들이 할망 두 다리 사이로 다 모여드는 거라. 거기가 동굴인 줄 알고 숨는 게라. 그러면 그것들을 잡아다가 오래오래 먹었다고 해. _오라동

1-5. 육지로 가는 다리를 놓으려 했으나

옛날에 제주 사람들은 육지에 나가기가 어려웠지. 파도가 좀 세야 말이지. 제주 산지항에서 배를 타고 추자도를 거쳐 목포로 갔는데, 추자도까지가 바람이 세고 물길이 험했어. 그런데 거 참 신기하기도 하지. 추자도만 지나면 바당바다이 잠잠해지는 거라. 하루는 제주 백성들이 설문대 할망을 찾아가서 사정을 했지.

"설문대 할마님, 육지에 한 번 가 보고파마씸가 보고 싶어요."

"바당이 세어부난세어서 배가 가당가다가 부서졍부서져서 사람들 죽엄쑤게. 우리 아버지도 작년에 바당에서 죽었수다."

"할마님, 제발 육지 가는 다리 하나 놔 줍서."

설문대 할망도 조건을 내걸었어.

"명주 백 통으로 내 속옷 하나 만들어 주면 추자도까지 다리를 놔 주마."

제주 백성들은 집집마다 비단을 모았지. 하지만 그 옛날에 비단 구하기가 어디 쉬워? 결국 한 통이 모자라서 99통을 갖다 드렸어. 그러니 설문대 할망도 다리를 놓다가 말았다고 해. 조천리 바다에 가면 할망이 놓다가 만 다리가 있지. 물 위에 살짝 드러나서 잠길락 말락 하는 바위 줄기야. 해변에서 바당으로 얼마간 뻗어 나간 바위 줄기지. 사람들은 그것을 '여'라고 불러. 조천 바당에는 '엉장 메코지'라고 하는 여가 있고 조천 옆에 신촌 바다에도 있고 서쪽 한림, 모슬포에도 있어. _오라동

1-6. 물장오리에 빠져 죽다

한라산 오름 중에 꼭대기에 물이 있는 오름이 있어. '물장오리'라고 하지. 거기가 설문대 할망이 빠져 죽은 곳이라. 설문대 할망은 키가 어마어마하게 커서 한라산이 무릎 밑에 있었는데, 자주 키 자랑을 하고 다녔지.

"나 지레키보다 더 짚은깊은 물이 이시카있을까?"

제주도에 이름난 깊은 물들은 한 번씩 들어가 보았어. 저 용담동 용연에도 들어가 봤지.

"아이구, 발등까지밖에 안 와?"

또 서귀포 홍리물이 깊다고 하니까 거기에도 들어가 봤어.

"무릎까지밖에 아니 왐꾸나오는구나."

이젠 한라산의 물장오리에 들어가 본 거라. 하지만 거기는 바닥이 터진 물이라 설문대 할망도 빠져나오지 못해 죽었어. 제주도를 만든 설문대 할망도 그건 몰랐던 모양이라. _오라동

1-7. 죽이 되어 자식을 먹이다

설문대 할망이 아들들을 먹이려고 죽을 쑤다가 죽었다는 말도 있어. 세월이 많이 흘러 설문대 할망은 아들을 오백이나 낳게 되었어. 어느 해인가는 가뭄이 들어서 끼니를 잇기가 힘들게 됐어. 할망은 아들들을 불러 놓고 말했지.

"야이들아. 어디가서 양식을 구해 보라. 이대로 굶어죽을 수는 없지 않느냐?"

"예, 어머님. 우리가 쌀을 구해 보쿠다."

저녁 때가 되어 설문대 할망은 죽을 쑤기 시작했어. 아들들이 돌아오면 배고플 거 아니라? 그런데 쌀은 있어? 쌀이 없으니 물을 많이 넣어 죽을 쑤어야 많은 사람이 먹을 수가 있지. 큰 솥에 풀이라도 뜯어다가 잔뜩 넣고 보릿가루 조금 넣고 물을 많이 넣어서 죽을 쑤었지.

"아이구 힘들어."

죽을 젓다가 솥에 빠지고 말았어. 오백 명의 자식들이 집에 와 보니 맛있는 냄새가 나는 거야. 허겁지겁 달려들어 죽을 떠먹었어. 큰형부터 차례대로 먹다가 막둥이 차례가 되었어. 솥 밑을 보니까 큰 뼈다귀가 있는 거라. 그제야 아들들은 어머니가 죽 솥에 빠진 것을 알게 되었어. 막내는 어머니를 먹은 형들과 같이 살 수 없다면서 멀리 떠나 차귀도로 가서 매일 울다가 바위가 되었지. 형들도 여기저기서 한없이 울다가 다들 바위가 되었다고 해.

저 한라산 서남쪽에 영실靈室이라고 있는데, 거기에 가면 기암괴석들이 쭉 늘어서 있어. 그게 바로 할망의 아들들이 울다가 굳어진 바위여. 그 바위들을 오백 장군이라고 하지. 그런데 사실은 사백사십구 장군이지. 막내는 차귀섬에 있으니까. _오라동

2부

우상우상 굿소리가 나는구나

2-1. 가서 빌면 거기가 당집

'자운당' 이야기를 해볼게. 자운당은 하더럭애월면 하가리에 있는 당堂: 당집. 신을 모셔 두는 집이지. 어떻게 이 당이 설치되었느냐 하면은, 하더럭 어느 윤칩윤택(尹宅)의 제주말. 윤씨네. 윤가의 조상 이야기라. 지금도 거기 윤가들이 많이 살지. 그땐 집도 숯막숯을 저장하는 작은 초막만 한 '비저리 초막살이'매우 작은 초막살이를 하며 가난하게 사는디 '솔칵'솔불을 켜는 소나무. 진이 고인 소나무를 자잘하게 깨어 놓은 것을 해 와야 저슬겨울 들민 밤에 불을 싸게켜게 되지. 마침 그때가 촐마소 먹이는 꼴을 베어 들인 후였어. 가을이 들어올 때였지.

한번은 솔칵을 하러 가는디, 언제나 그 가을이 익기 전에는 양식이 부족했거든. 그러니 먼저 익는 대죽수수을 따다가 범벅인가를 해서 점심을 가져갔지. 근디 어떤 사람이 나와 가지고 먹을 걸 내놓으라는 거라.

"여보 나는 사뭇 굶주린 사람인디, 시장해서 살지를 못허겠다. 거 먹을 걸 좀 내놓으라."

"그럽시다. 나도 이거, 곡식은 아직 익지 아니하고, 다 익지 아니해도 먼저 익는 걸로 대죽을 타다가 범벅을 만들었습니다. 이거라도 괜찮다면 자시오."

내놓으니 원주인이 먹을 몫도 안 남기고 혼자 다 들러먹어먹어 치워 버렸어. 그래도 윤가는 이해했지.

"굶주린 사람이 들러먹으니 내버리지."

조금 옮겨 앉았다가 나중에 그릇을 치우려고 보니까 범벅이 그대로 그냥 있는 거야.

'아하, 요거 귀신이로구나.'

그 사람이 귀신인 걸 알았지. 그런데 그 귀신이 점심을 그렇게 얻어먹어 놓고 하는 말이,

"아이고, 당신도 배고픈디, 내가 죽을 지경을 당하여 가지고 점심을 달라고 해서 먹어 부렸으니 그 공을 갚아야 할 것인데…. 저 어떠어떠한 지슴탈깊은 숲로 들어가서 아무아무 군데에 가면 그 낭나무 끊어 버린 밑둥이가 전부 솔칵된 게 눈에 보일 것이다. 그러니 그거 파서 지어 가민져 가면 이 저슬겨울은 넉넉히 불 쌀켤 것이라."

"그러냐."

아닌 게 아니라 말하는 대로 가다가 보니 저절로 눈에 솔칵이

보여서 그놈을 파서, 한 짐이 무거울 만큼 지고 왔지.

내려오다가 또 그 사람을 만났어. 무거울 테니 부득불 자기가 져다 주겠다는 거라.

"아, 거 짐을 부리면내려놓으면 내가 지고 가겠다."

"아이, 괜찮다. 덕분에 솔칵도 많이 하고. 무거워도 내 짐을 나대로 지고 가야지…."

"아이, 이거 점심만 얻어먹었으니 내 이걸 져 갈 만하다."

억지로 빼앗아서 고들고들가볍게 걷는 모양 등에 진 듯 안 진 듯하게 내려오는 거라. 내려오다가 그 '오당빌레'애월면 하가리에 있는 지명라고도 하고 '자운당'이라고도 하는 곳에 와서 윤가가 생각을 해보니 분명 이건 도체비도깨비라. 짐을 지고 자기네 집까지 오는 건 자기를 모셔 주기를 바라는 거거든. 도체비는 그대로 모셔 들이면 한 번은 분명 잘살게 해주지만 행여나 거스르면 망한다는 말을 들었던 게 생각나는 거라.

'이거 잘못하면 집에 가서 모셔 다니는 짓 하다가 한 번이사 내가 잘살겠지만, 자손대에까지라도 잘되면 좋지만 까딱하면 원수 갚음을 해서 또 망하게 한다고 하니 아이 되겠다.'

그래서 윤가가 도체비에게 말했지.

"이젠 여기서 쉽시다."

자운당에 앉아 쉬면서 윤가가 하는 말이

"나, 부탁할 말이 있다."

"뭔 부탁이오?"

"나는 분명히 당신이 귀신인 줄 아노라. 나를 위해서 우리집에 들어가려고 마음먹었지만 들어갔자 집이 좁아서 우리 부부 두 늙은이 누우면 당신은 어디 누울 곳도 없고 하니 여기서 그저 다니다가 오면 철에 대죽수수 같은 거라도 들면 잘 해서 위해 드리겠다."

그러거든 그리하라고 해서 거기서 떨어져 버렸어. 윤가가 그 후에는 차차 이력이 잘되어서 부자로 살기 시작했는데, 동네 사람들이 이걸 알고 그 도체비하고 윤가가 앉아 쉬면서 말했던 데, 그 오당빌레에 음식을 가져가서 절하고 빌면서 제를 지냈지. 그러니 거기가 당이 되어 버린 거여. 그때부터 거기를 '자운당'이라고 하지. 그래서 지금까지도 위하는 거지.

광녕 근처나 노형 근처에는 옛날 시절에 보리 백 바리만 베면 상당히 큰 부자라고 하는데, 거기 하더럭은 윤칩, 강칩, 양칩 해서 부자 하르방할아버지들이 육백 바리, 칠백 바리, 참 소문 나게 곡식을 벴다고 해. 다 그 도체비 덕분이지.

도체비를 위하면 급시에 부자를 시켜 주는데 조금이라도 성의가 부족해서 점심이라도 나중에 올리면 집 네 귀퉁이에 불을 붙이면서 해를 끼친다고 하지. 급성급패急成急敗, 막 흥하게 했다가 막 망하게 해 버려. 그런데 여긴 당으로 해서 손해 본 데가 원 없어. 지금까지도 그냥 부자들이 쭉 있어. _애월면 하가리

2-2. 돗제 지내게 된 사연

돗돼지 잡아서 제祭 지내는 당신을 모시는 장소은 구좌면舊左面에만 있지. 구좌면 송당, 세화, 동복까지 다 돗제를 지내지. 어떻게 돗제豚祭를 지내게 됐느냐 하면 고려 때쯤인 모양이라. 세화리에 백주 부인이라고 있었는데, 아들 오형제를 낳았어. 그중에서도 막둥이를 아주 아꼈지.

애지중지 아끼다 보니 서너 살 난 아이가 아바지아버지 수염을 훑어 버렸단 말이지. 옛날에는 아바지 수염 훑은 것도 불효라고 해서 죽여 버리기도 했거든. 이 아바지도 '요놈 못쓰겠다' 해서 무쇠로 상자를 만들어서 아이를 거기 집어넣고 자물쇠로 잠가서 바당바다에 띄워 버렸지.

썰물 때엔 동해바당, 들물 때엔 서해바당, 흘러 댕기다가 저 강남 천자국으로 떠밀려 갔지. 옛날에는 중국을 천자국이라고 했어. 그 나라엔 공주가 삼형제 있었는데, 큰딸이 상자를 열어도 안 열어지고 둘째딸도 못 열고 막내딸이 가니까 열렸지. 상자를 열어 보니 아이가 나오는데 열한 살쯤 되었어. 중국 사람들이 물었어.

"너는 어디서 왔느냐?"

"난 동방국에서 온 사람이우다."

"어째서 여길 왔느냐?"

"표류를 당해서 왔는디 당신네 나라에 일 년 후에는 큰 난리가 들어서 적이 침범을 할 거라. 토벌허여서 들어올 거라. 그 난리를 막기 위허여 이 땅에 왔습니다."

아닌 게 아니라 일 년 후에 적이 들어와서 그 영토를 침범하니, 그 아이가 나가 가지고 적들을 다 무찔렀단 말이야. 그러니 그 아이를 막 모시는 판이라. 적을 물리쳐 줬으니까 모시는 게 당연하지. 막내딸하고 결혼도 시켜 줬어.

그런데 각시가 밥을 해다 줘도 아니 먹고 술도 아니 먹고 하니 각시가 걱정이 돼서 물어보았지.

"무슨 일로 밥을 아니 자십니까?"

"나는 밥으로는 성에 안 찬다. 소 한 마리 먹고 술 한 동이씩 한 번에 먹노라."

그러니 어쩔 거라? 싸움에 이겨 줬으니 먹여야지. 한 나라에서, 장군 한 명에게 소 한 마리씩 먹이는 건 문제 아니라고 여겼지. 그런데 한 반 년쯤 먹여 가니까 소가 없어져 가지고 큰일이 난 거지. 이젠 안 되겠다 해서 딸하고 같이 무쇠상자에 담아 가지고 바당에 띄워 본국으로 보내 버렸지. 그것이 구좌면 세화리로 올라온 모양이라. 어머니 백주 부인과 아바지는 혼이 나갔지. 죽이자고 바당에 띄워 버린 아들이 살아 돌아왔으니까 당연하지. 어머니는 놀라서 아들 넷을 데리고 한라산으로 올라가 버리고 아바지는 혼비백산해 버렸지. 이 아들은 활 메고 한라산에 올라서 거기에 있는 적들을 물리치고 내려오는 거라. 내려오다가 어디에 좌정할까 터를 골랐지.

그러다가 저 바메기오름이라는 데에 앉아 내려다보니 좌정할 지형이 못 되었어. 다시 내려와서 고살미오름에 와 봐도 역시 좌정할 터가 아니라. 입산봉에는 무덤이 너무 많아서 못 쓰겠고, 그 아래로 내려오면 큰 폭낭팽나무이 있지. 거기를 귀네기라고 하는데, 아래를 바라보니 김녕이 번번허여. 물이 잔잔허게 흐르고 사람이 많이 다니고 말이 많이 다니고 과거할 사람들이 많이 나올 땅이라. 여기에 좌정을 하기로 했지.

그때부터 사람들은 이 귀네기 폭낭 아래에서 제를 지내. 그래서 귀네깃당이라고 부르고. 지금은 이곳 학교 위에 돗지폭낭돗제 올리는 팽나무이라고 있는데, 바로 그 나무야. 그 옆에 굴도 있고. 거기에 돌로 제단을 만들고 제를 올렸다고 해. 삼 년이나 오 년에 한 번씩 제를 지내면 마을이 편안했대. 처음엔 소 한 마리씩 잡았지만 나중에는 간소화해 가지고 돗을 잡은 거지.

제에 쓸 것으로 키우는 돗은 이상하게도 잘 크지. 병도 안 들고 잘 커. 제에 올리려고 기르던 돗은 중간에 절대 팔지 않지. 잡을 때는 피 한 점, 간 한 점 못 먹고, 피까지 다 고스란히 올렸어. 제를 지낸 끝에만 먹지. 귀신은 아주 큰 귀신이라. _구좌면 김녕리

2-3. 영험한 안할망

정의旌義고을에서는 관청 안에, 동헌東軒 안에다가 안할망당堂을 모셔 가지고 빌었어. 안에 모시니까 안할망을 안귀신이라고도 했어. 동헌 안에 있어 놓으니까 관속官屬 밖에서는 그 할망에게 빌지 못했어. 일반사람은 다 거기에 빌지 못한 거지.

어떤 일이 있었나 하면 동문 동네에서 살던 한 남자 집에 자주 다니는 손님이 있었대. 하루는 그 손님이 또 찾아왔어.

"아, 거 뭔 일이냐?

"관가官家: 정의관청을 말함에서 불러 가지고 왔습니다. 오니까 영營: 제주시에 가라고 합니다. 오는 길에 꿩을 하나 때려서 잡고 왔습니다."

"그거 이상한 일이다. 죄도 없는데 무슨 일로 영에 가라고 하는 걸까?"

그러자 그 집 부인이 꿩을 가지고 안할망당에 갔다오겠다고 했지.

"꿩을 주워 왔으니 그것을 제숙祭需하여 가지고 저녁에 안할망당에 다녀오겠다."

제숙이라고 하는 것은 제사 지낼 때 올리는 제물이지. 안할망한테 빌러 가니깐 무당이 말하길,

"큰일 없다. 밤에 꿈을 꿨는디 아무 일이 아니니 관계 없다."

또 그날 밤에 그 부인도 꿈을 꾸었지. 꿈속에서 머리가 헤영한하얀 할망이 지팡이를 짚고 높은 동산 위쪽으로 올라가고 있으니까 그 부인이 물었대.

"할마니, 어디 감수강갑니까?"

"영문營門드레으로 가노라."

"아, 영문에 무슨 일 있어 감수강?"

"아무개가 영문에서 불렀다고 해서, 뭐 아무 일도 없는데 불러서 그 때문에 가노라."

그래서 그 부인이 이 꿈 얘기를 하면서 그 손님에게 아무 일 없을 테니 걱정 말라고 위로했대.

그런데 아닌 게 아니라 그 손님이 제주시 영문에 가니 사또가 "나는 부른 일 없다"고 하는 거야. 중간에서 형방 놈이 불렀던 거였어. 사또가 그냥 가라고 하니 돌아와서는 아주 기쁘게 생각해서 그 안할망이 아주 영험하다고 했지. _표선면 성읍리

2-4. 뱀이 대정에서 토산으로 온 까닭은?

뱀에 대한 이야기는 창천리 뱀머릿집창천리에 살고 있는 강씨(康氏) 일가의 속칭에 있어. 이 집 여자들이 굿을 하고 싶은데 주인이 허락을 안 하는 거야. 그러다 하도 굿을 못해서 안달하니까 결국 주인어른도,

"좋다, 굿을 하라"

하고, 허락을 했어.

굿을 할 때는 '대신大神(=뱀)을 맞는다'제사 차례의 하나로 '대시왕연맞이' 또는 '시왕맞이'라고 한다라고 하는 절차가 있는데, 대신을 맞을 때 쓰려고 그 주인이 베로 만든 자루를 하나 장만해 두었대. 이제 굿을 하는 날이 되니까 주인이 말했어.

"대신이 나 눈에 보이게끔 굿을 해라."

심방무당들이 당당당당 굿을 해 가니까 큰 뱀이 나오는 거라.

"대멩큰 뱀이 나왔습니다."

주인이 베자루를 주면서 이 안에 들어오게 하라고 했지.

주머니 안으로 들어오게 쌀들을 뿌리면서 해 가니까 이것이 주머니 안으로 들어왔던 모양이라. 그러니까 그 주머니를 얼른 감싸 가지고 방 안에 가서 공장벽걸이에 걸어 두고 무당들에게는 가라고 했어.

"대신을 내가 가둬 뒀으니, 일 없으니까 이젠 가라."

무당들은 가 버렸고, 그걸로 끝나 버렸지.

그런데 토산兎山의 어느 김칩김씨댁에서 굿을 하려니까 심방이 아무리 굿을 해봐도 절대 말미무당의 입을 통해 전해지는 신령의 말가 나오지 않는 거라. 무당이 '큰일 났다'고 하니까 주인이 이유를 물었어.

"대신님은 창고내 뱀바리 강댁 그 집에 가두어져서 지금 옥살이 하고 있습니다. 가서 모셔와야 굿을 하겠습네다."

"그러면 가서 모셔오라."

가서 대신을 내어주십사 하니까 그 창고내 뱀바리 강댁 주인이 단단히 다짐을 받는 거라.

"다시는 대정大靜 땅에 발을 안 붙이겠다면 줄 것이고, 발 붙이겠다면 못 주겠다."

"다시는 대정 땅에는 발 못 붙이게 하겠습니다."

"그럼 가져 가라. 너희들 정의旌義에서, 토산에서만 해먹어라."

대신을 받아들고 토산에 돌아와서 토산당堂이라고 하는 데 모셔서 굿을 했지. 그러니까 비로소 말미가 나왔어. 그후로 대정 사람들은 뱀을 보면 '정의귀신, 토산귀신'이라고 한대. _표선면 토산리

2-5. '당 오백 개, 절 오백 개'를 부순 영천 목사

1) 굿을 하면 귀신을 볼 수 있느냐?

옛날 영천지목사永川之牧使라고 하는 목사가 있었지. 이형상 목사인데 고향이 경상북도 영천이라서 그렇게 불렀어. 처음 벼슬을 할 때에는 평양감사로 가라고 명령이 내려왔는데, 그걸 마다하고 제주로 오게 되었어.

"저는 제주목牧에 한번 가 보겠습니다."

"제주에 뭐하러 갈 거냐. 뭘 볼 게 있어서 가겠느냐?"

"제주에 가면 웬만한 사람은 다 당堂 믿어 살고, 웬만한 사람은 절[寺] 믿어 산다 합니다. 당이 오백이요 절이 오백이니 '당 오백 절 오백' 믿고 또 틈에 다른 종교 믿고 하면, 전부 믿는 사람 천지라 농사지을 사람이 없다 하니, 이것을 한번 때려 부수고자 제주목으로 가려 합니다."

아마 제주에 당 오백, 절 오백 있는 게 서울까지 소문이 났던 모양이라.

이형상 목사가 제주 화북 포구로 와서 배에서 내려와 보니, 굿소리가 우상우상 나는 거라. '굿 많이 한다는 말만 들었는데 참 그렇구나' 했지.

그날 저녁 어두울 때 관복은 벗어 두고 소창옷 입고 평민들 쓰는 밀짚모자를 쓰고 나갔지. 보니 죽을락 살락 신나게 굿을 하고 있는 거야. 가만히 한쪽에 서서 구경만 하다가 그놈들이 하도 지치게 하여 가니 말을 붙여 보았어.

"저두 그저 얻어 먹으러 댕깁니다. 북이나 한 번 때려서 얻어 먹겠습니다."

"아, 좋다. 북 때려 봤느냐?"

"잘 때리진 못합니다만 들어보면 알 겁니다."

"아, 그러라."

그래서 이제 못 때리면 이렇게 때려라, 저렇게 때려라 지도를 받으면서 그 북을 두드렸어. 밤 열한 시쯤 되어 가니 굿을 다 마쳤어. 거기서 중식을 주니 먹고 누워 자는데 밤중이 깊숙하여 새로 한 시쯤 되어 갈 때 옆에 있던 여자를 하나 마구 꼬집었단 말이야. 여자가 깨어나 보니 고운 양반이 자기를 꼬집고 있는 거라.

'아, 요 사람이 나를 마음에 두어서 이렇게 꼬집고 있으니 뒤에 따라 보자' 하고 나오니 그 남자가 손목을 잡아 당기거든. 따라갔지. 보니까 제주시 안으로 곧바로 들어오는데 그 제주 목사가 사는 곳으로 똑바로 올라가거든. 하이고, 이젠 머리카락이 부시시 일어나고, '요거 큰일났다. 살 길 얻으려다가 죽을 길을 만났구나' 하는데, 이형상 목사가 목사 앉는 자리에 딱 앉아서

"거기 앉아라."

하니, 이젠 겁이 덜컥 나고 문 밖에 꿇어 앉으니까

"여봐라."

"예."

"굿을 그렇게 하니 굿 하면 귀신을 봐지느냐, 못 봐지느냐?"

"제 처지에 어느 겨를에 귀신을 볼 수가 있겠습니까. 그저 벽을 향해서 말하는 거나 마찬가지입니다."

"굿을 그렇게 하는데 귀신을 못 볼 리가 있느냐?"

"저 정도에 그렇게 할 수가 있겠습니까."

"정말 그렇단 말이냐? 그러면 어떤 무당들은 볼 수 있느냐?"

"큰 심방무당들은 볼 수 있다 합니다."

"가거라."

2) 말에서 내리지 않겠다

한 사흘 후에 이형상 목사가 '순력'巡歷을 하게 되었어. 제주도를

한 바퀴 도는 거지. 아마 제주도를 동으로 해서 서쪽으로 돌았던 모양이라. 정의旌義 지방으로 들어오니, 제주에 '삼당'三堂이라고 해서 유명한 당이 세 개가 있어. 광예당, 광오당, 광령당. 정의에 광예당인가 광오당인가에 오니 말을 끄는 하인놈이 말하기를 여기는 말에서 내려서 가야 한다는 거라.

"여기는 하마下馬해야 넘어갑니다."

"어쩐 일이냐?"

"이 당은 신령이 세서 하마를 안 하면 말이 상합니다."

"어째 그렇단 말이냐? 이 섬에서 최고인 목사가 말에서 내려 간다는 게 말이 되느냐? 그대로 말을 이끌어라."

말이 제대로 걸을 수가 있어야지. 그래도 이 목사는 호령했지.

"이끌어라."

그러자 말의 무르팍이 파싹 부러졌어.

"다시 말을 끌어 오너라."

다른 말 가져다가 넘어가려 하니 그 말은 또 안 부러져? 말 서너 마리가 그렇게 해서 무르팍이 꺾어져 가니 이제 이목사도 귀신이 있다는 걸 인정했는지 무당들을 불러들이라는 거라. 굿을 하라는 거지.

"가까운 부락의 무당들 다 불러들이고 굿할 물품을 차려라."

누구 명이라 거역할 수가 있겠어. 옛날에는 굿을 할 때 마당에 큰 대를 세우는데, 그걸 염냇대라고 해. 그걸 세우고 당당 대양[징]을 치면서 하는 거라. 또 무당들이 냄새 좋은 거, 먹음직한 거를 잡아 뿌리면서 굿을 쳐 가니까 배염[뱀]의 커다란 머리빡이 비죽 나오는 거라. 무당들이 말했지.

"저것이 귀신입니다."

"어, 거 좋은 귀신이다. 그러면 그것을 아주 가운데로 번듯허게 나오게 할 수 있느냐?"

"예, 있습니다."

"그리해 봐라."

무당들은 더 신나게 굿을 했어. 그놈이 먹어서 사는 동물이기 때문에 먹을 것을 주면서 달래는 식으로 굿을 쳐 가니까 가운데로 싹 나오고 나서는 하나도 남기지 않고 말끔하게 다 먹었어. 그런데 너무 먹어 놓으니 배가 불어서 나왔던 구멍에 들어갈 수가 있어야지.

"귀신은 정결한 게 귀신이지 이렇게 추접한 것도 귀신이냐? 장도칼을 가져오라."

목사가 칼로 탁탁 찍어 모두 끊어서 숯불에 살라 버렸지. 그러고 나서 산방산 덕수리 아래 광정당에 오게 되었어. 이목사가 하인한테 물어보았지.

"여기도 그런 데냐?"

"그렇습니다. 여기는 더 센 당입니다. 반드시 하마下馬하셔야 합니다."

하마하지 말고 그대로 이끌라고 다시 불호령이 내려졌지. 여기서도 다른 말로 갈아치우면서 몇 번 그냥 지나가려고 했지만 말들이 번번이 죽어 나가거든. 다시 굿을 하라고 무당들을 불러 들였어.

한 대엿새를 크게 부수어 대니 다시 배염의 큰 머리빡이 나와서 상 위에 걸어지니 다시 또 먹으라고 빌었지. 다 먹으니까 역시 그것도 들어가질 못하니, 이것도 칼로 토막 내 숯불에 태우니 장꿩장끼이 돼서 푸드득 날아갔다고 해. 그때부터 광정당을 '새당'이라고도 하지.

3) 고총을 수리하다

이형상 목사가 제주도 목사로 와서 무슨 정사를 먼저 했느냐 하면, 제일 먼저 길을 닦았어.

"대로, 소로 할 것 없이 사람 댕기는 길을 깨끗이 잘 닦아라."

그리고 다음은 고총古塚 즉 주인 없는 무덤을 수리해 주었어.

"무주총無主塚임자 없는, 자손 없는 무덤을 잘 수리해라."

밭에 있는 것은 밭임자보고 하라 하고 길에 있는 것은 그곳

백성을 동원시켜 '잘 하라'고 했어. 만 3년이 되어서 목사 임기가 다 되니 퇴임을 하게 되었지. 이목사가 일도 많이 하긴 했지만 제주를 돌아다니면서 당이라는 당, 절이라는 절은 다 부수어 버렸으니 자신도 '내가 이렇게 하면 이놈들이 어딜 가서든 날 해칠 것이다' 하고 마음속으로 늘 생각을 하고 있었지.

섣달 그믐날 저녁은 잠도 안 들고 앉아서 술잔이나 기울이다가 밤이 깊어 누웠는데 비몽사몽 중에 허연 백발에 도복을 입고 수수하게 차린 하르방이 들어오는 거라.

"목사, 자는가?"

"안 잡니다. 어디서 오셨습니까?"

"나는 김녕서 왔소."

"어째서 오셨습니까?"

"김녕 주민들이 나의 울담을 이놈도 하나 저놈도 하나 가져가니 다 허물어져서 목사님한테 울담이나 좀 해달라고 하려고 왔소."

"김녕 어느 곳입니까."

"김녕 한가름이라. 나는 사람이 아니고 귀신이니라."

"예, 알았습니다."

"나는 가오."

깨어 보니 꿈이라.

이상하다 싶어 뒷날은 명절이지만 하인 하나만 데리고 김녕으로 갔어. 가 보니 아닌 게 아니라 가름 안에 큰 고총이 있는데, 담이 있던 흔적이 있어. 경민장警民長: 면의 우두머리을 불렀지. 경민장은 정월 초하룻날부터 불러들이니까 무슨 큰일이 났는가 해서 곧바로 나갔어.

"김녕 가름 안에 고총이 이 묘 말고 또 있느냐?"

"이것밖에 없습니다."

"그게 참말이냐. 다른 데 어디 없느냐?"

"없습니다. 소소한 고총은 있습니다만 큰 고총은 이 묘밖에 없습니다."

이목사가 돌아왔다가 정월 보름이 넘어서 김녕으로 나가 경민장을 부르고 김녕 주민들한테 제물을 차리라고 했지.

"이 산에 제를 드려서 내가 담을 하겠다."

목사가 제관이 되어서 제를 지내고 묘 울담을 잘 해드렸대. 원래보다 더 덩그랗게 잘 해 드렸는데, 한 서너 달 후에 다시 꿈에 그 어른이 와서 고맙다고 하는 거라.

"목사님께서 저의 울담을 잘 치례해 주니 감사 말씀을 드릴 바가 없습니다. 저는 물러갈 뿐입니다."

4) 이목사의 아들에게 복수한 당귀신

그런데 그해 섣달 그믐날 저녁, 그 어른이 또 나타났어.

"목사님, 자십니까?"

"안 잡니다."

"목사님 오늘 누구에게 말허지 말고 곧 배를 타십서."

깨고 보니 꿈이야. 몸만 급히 나갔지. 옛날에는 제주에 화북禾北으로만 육지 배들이 들어오고 나가고 했대. 막 말을 달려서 화북으로 가 보니 배가 있어.

"이 배를 곧 띄우라."

하니 안 띄울 수가 있어? 배를 딱 띄워서 개맛포구 밖으로 썩 나가니, 바람을 잘 만나서 자악-작 나가거든. 그야말로 순풍에 배가 잘 간 거지.

그런데 제주 바당바다을 넘어서 돌아보니 제주 바당은 돌풍인 거야. 한라산이 검은 구름으로 감싸져서 여기로 달려오는 것 같고 바당은 무섭게 뒤집히고 있거든.

"하, 아까는 저렇지 않았는데, 그새 저렇게 되었구나."

바당에서 떨어져 급히 뭍으로 뛰어 내리자마자 그놈의 바람이 바로 뒤에 쫓아와서 타고 온 배를 부숴 버리는 거라. 아슬아슬하게 살아난 거지. 일주일을 걸어서 서울에 가 보니 아들 형제가 벌써 다 죽었더래. 그놈의 귀신들이 아들들에게 복수를 한 거지. 바당에서 못했으니.

그런데 이목사는 죽은 아들들한테 '관장'을 세 개씩 내후려쳤다고 해. '관장'이라는건 넓은 낭나무으로 후려치는 거지. '그까짓 놈들당귀신에게 밀려서 미련하게 죽었느냐'고.

그래 놓고도 이목사는 태연허게 장기만 두면서 소일했다고 해. 부인은 매일 통곡하고 지내는 거라. 한번은 부인이 자식 죽은 생각은 안 하느냐고 하니깐 대양큰 대야하고 닭의 깃을 가져오라 하거든. 가져오니 닭깃으로 자신의 목을 콱 찔렀다고 해. 피가 대양으로 하나가 됐지.

"늬들이 암만 울어 봤자 나만큼 속이 아프진 않다."

그렇게 이 목사가 와서 당 오백 개, 절 오백 개를 다 부숴서 그 후로 한동안 제주에 절도 없고 당도 없다가 또 막 성해 갔지. _안덕면 덕수리

2-6. 김녕굴 뱀을 죽이고 복수당한 서련 판관

오백 년 전에 김녕 사굴에 큰 뱀이 살았지. 그 뱀에게 처녀로만 제숙을 바쳐서 제사 지내는 풍습이 있었어. 제를 아니 지내면 소슬 광풍이 일어나서 담장이 다 무너지고 곡식이 다 전멸되어 버리고 살 수가 없었지. 왜 그러냐 하면 사람 수백 명을 먹어 놓은 터라 변환작용이 있는 거지. 그런 줄은 모르고 산신이 노해서 그렇게 농사를 못 짓게 한다고 생각했지. 무당이 가서 굿을 쳐 가지고 처녀에게 고운 옷을 입혀 놓고 와 버린단 말이야. 뒷날 가서 처녀가 없어지면 신선이 되어 올라갔다 해서 굿 잘되었다고 백성들이 기뻐했단 말이지.

서련徐憐이 열아홉 살인가 스무 살인가 된 해에 판관判官으로 왔다가 그 말을 듣고 "가 보자"고 했어. 가서 '활'을 딱 조준하고 숨어서 보니 백성들이 많이 가고 무당이 막 굿을 치고 하다가 처녀만 옷을 깨끗이 입혀 가지고 톡 묶어 두고 와 버리거든. 그

끝에는 사굴에서 큰 뱀이 나와서 처녀를 물어 먹으려고 하는 거야. 그때 서 판관이 뱀을 활로 쏘아 죽였어. 그러고 나서 마부한테 말하기를

"오늘랑 무슨 일이 있어도 나에게 말을 하지 말라."

그런데 말을 타고 화북까지 오니 피[血]로 비가 오는 거야. 주먹만 한 피비[血雨]가 오니까 말 이끄는 종이

"아이구, 판관님 피로 비가 옵니다."

하고 말해 버리니 거기서 즉사해 버렸어. 아무 이야기도 하지 말라고 했는데 말야. 그로부터는 처녀를 안 바쳐도 아무 일도 없었다고 해.

훗날 서판관 손자가 할아버지가 여기서 그런 일을 했다는 걸 알고 구경을 왔는데 흔적이 없어. 비석 하나도 없으니 항의를 했지. "그렇게 훌륭한 어른인디 비 하나도 없는 것이 뭣이냐"고. 그때야 비로소 사굴에 '서련판관공덕비'徐憐判官功德碑라고 비석을 세웠지. _구좌면 김녕리

2-7. 다시는 굿할 생각이 없어

"가시리표선읍 가시리 강당장 칩집의 세콜방애 새 글러 간다"제주도 민요 중 '맷돌·방아 노래'에 자주 나오는 구절는 말이 있어. 그 말이 어떻게 생겼는고 하니, 강당장의 집에서 열여드레 동안 굿을 한 끝에 나온 말이야.

강당장은 강단이 무척 센 사람이었어. 대체로 여자들은 굿을 좋아하고 남자들은 쓸데없는 거니 하지 말라고 하는 경우가 많았지. 강당장도 마찬가지였어. 강당장도 굿을 아주 싫어했다고 해. 그런데 집안 여자들이 굿을 못해서 몹시 안달하니까 허락을 하면서 조건을 걸었지.

"굿을 내가 이르는 대로 하겠다면 하라."

"하겠습니다."

굿을 할 때 '멩두맞네굿의 순서에서 무조신巫祖神을 맞아들이는 의례, 대신맞네' 이런 절차가 있고, 또 '초감제'제주도 지방의 굿에서 모든 신들을 청하여 모시는 것으로, 제의의 첫부분에 해당되는 차례니 뭐니 하는 순서가 있어. 굿 절차가 아주 복잡하거든. 그런데 강당장이 자기가 말하는 대로 제물을 준비하라는 거라.

"제물은 한꺼번에 해놨다가 쓰는 게 아니다. 그때그때마다제차(祭次)가 바뀌는 때마다 새로 제물을 만들어 써야 된다."

"그렇게 하겠습니다."

"그것이 진짜 굿이다."

그렇게 약속을 하고 굿을 하게 됐어. 굿을 보통은 사흘도 하고, 닷새도 하고, 일주일도 하고 그러는데, 강당장 집에선 무려 열여드레를 했다는 거라. 열여드레나 굿을 하는데 제물은 매일 때 맞춰 새 제물을 해서 올리려니깐 준비하는 사람들이 아주 죽어 날 판이야. 요즘 같으면 기계라도 있지만, 그때는 순전히 방아에서 찧어 내야 했으니 좀 힘들었겠어. 방아 주위에 세 사람이 둘러서서 서로 절구공이가 부딪히지 않게 간격을 맞추어 절구질을 하는 거야. 그런데 그것도 처음엔 잘 되다가 오래 하다 보면 지쳐서 세 사람이 절구를 방아에 놓았다 들었다 하는 새사이가 맞지 않을 거 아니겠어? 그걸 "세콜방애 새 글러 간다"고 하는 거야.

열여드레나 계속해서 제물, 즉 떡을 만들어야 했으니 방아질을 쉴 새가 없지. 그러니까 절구를 들었다 놓았다 하는 간격이 세 사람이 맞지 않아 간 거고. 방아질이 글러 갈 수밖에. 강당장이 그렇게 될 걸 알고 시킨 거라. 그후로 다시는 굿 생각이 없어서 굿을 안 했다고 해. _표선면 가시리

2-8. 멸치를 풍년 들게 해주는 도깨비

옛날엔 늦은 봄이 되면 멜멸치이 참 많이도 들어왔대. 그러면 마을에서는 계를 조직해서 공동으로 그물을 사서 잡아 가지고 멜을 팔아 돈을 나누어 가졌지. 그걸 '그물접'이라고 했어. 그물접에는 '계장'契長이 으뜸이고, 계장을 보좌하는 공원公員이 있어. 공원 밑에 '소임'이 있고.

공원이 멜을 많이 잡게 해주십사고 한동漢東에 가서 도체비도깨비 영감에게 제사를 지냈지. 옛날에는 멜어장이 있는 마을에서는 다 도체비를 모셨어. 특히 한동에는 도체비를 모시는 데가 많아. 도체비를 높여서 '야차'라고도 하고 '영감', '참봉'이라고들 불렀지.

공원이 제사를 지내러 소임하고 같이 가면서 말하기를

"늘랑너는 가만이가만히 이시라있어라, 소임이랑 아뭇 이야기도 말앙 이디 이시라."

이렇게 해두고 공원은 제를 지낼 제물을 짊어지고 저만치 가거든.

"영감 계십니까?

"어, 거 오래만일세. 어떻게 왔는고?"

"이거 약소한 제찬이지마는 조금 응감하십사고 짊어져 왔습니다."

"어허, 나 하는 밧제보람 있는 일 없이, 거 고마워서 뭣으로 보답하면 될 거인고?"

"그럴 거 있습니까? 영감님은 상통천지上通天地 하달지리下達地理하는 영감님이니 금년 어장이나 잘 되게 허여 주십서."

"아, 그쯤이야 내 허여 보지."

대접해 두고 조금 있으니 영감이 말허는 거라.

"이젠 가져가서 갈라당나누어서 먹어라."

그 공원이 자기가 말하고 자기가 대답하는 건데, 목소리를 바꾸어 가면서 말하니 마치 도체비하고 말을 주고받는 것 같았지. 그래서 소임은 '아, 공원이 도체비 귀신하고 말하는구나' 생각해서 제물을 짊어지고 오면서 말을 꺼냈어.

"도체비 귀신하고…."

그러자 공원이 얼른 말을 자르면서

"속솜하라말하지 말아라."

도체비에 대해서 무슨 말을 하면 부정 타서 멜이 잘 안 들어오거나 집안에 재앙이 생기기 때문에 아무 말도 하지 말라는 거였지.

그해에 멜 철이 되니 어장에 마파람이 한 번 불어 치니까 밀물에 멜이 담뿍 들어왔단 말이야. 마파람이 불 때 멜이 몰려들거든. 이제 그물을 실은 배가 멜이 몰려든 어장으로 가서 그물을 쳐 가지고 멜을 가두면 되는데, 마파람이 세게 불어서 그물을 치질 못하겠는 거야. 그물을 못 치면 썰물이 났을 때 멜도 바닷물하고 같이 와 하고 다시 밀려 나가 버릴 게 아니겠어. 썰물이 되기 전에 얼른 그물을 치고 그물코를 해변으로 옮겨다가 해변에서 줄을 잡아당겨야 하는 거지.

멜은 한밤중에 들어오거든. 사방은 어둡고 그물을 치지 못해 쩔쩔 매는데 갑자기 불덩어리가 확 날아와 가지고 탐방탐방 멜 어장 주변을 돌면서 자맥질을 해가지고 멜이 밖으로 못 나가게 막아 주는 거라. 그게 바로 도체비였어. 도체비는 불로 나타나거든. 그리고 날이 밝아서 바람이 잠잠해지니 그물을 칠 수 있었고 아주 대풍년, 풍작이 되었단 말이야. 다 그 도체비 덕분이었지.

다음 해에는 도체비를 아니 모시는 하르방이 공원이 된 모양이라. 제를 지내긴 했는데 치성을 잘 못했던가 봐.

배를 타고 멜이 들었나 보려고 바당바다에 나갔는데 아직 아니 들어온 거라. 그래서 멜떼가 들어올 때까지 한숨 잤다 말이야. 그런데 이게 무슨 일이래. 깨어 보니 제주섬이 없어져 버린 거야. 그때 했다는 말이 아주 재미있어.

"우리가 우리가 아닌가? 우리가 우린가?"

바라보니 한라산이 아득하게 남쪽으로 쟁반만큼 보여. 이젠 와락 겁이 나서 멜이고 뭐고 뎀마작은 배들만 타고 그냥 육지로 돌아와 버렸대. 도체비가 배고 그물이고 모두 먼 바당으로 가져가서 던져 버렸던 거지. 영감을 위하는 치성이 부족해서 그리 되었던 거야. _구좌면 김녕리

2-9. 제사해 준 공을 갚노라

애월면 광녕에 양돈어네 조상이 살았는데, 양돈어라는 사람은 참 훌륭한 사람이었어. 관명冠名: 관례를 치르고 어른이 되면서 새로 지은 이름은 '제연'이고, 그 당호堂號: 집의 이름에서 따온 그 주인의 호가 '돈어'였지. 그 양돈어네 조상 이야기야.

이 양반에게는 부인이 세 명 있었어. 큰부인은 해안제주시 해안동, 둘째부인은 도고내제주시 외도동, 막내부인은 강정캐중문면 강정리 출신인데, 주로 막내부인한테 가서 살았다고 해.

한번은 겨울이 되어서 눈이 깊이 쌓였는데 한 사흘간 하르방이 근심을 하면서 밥도 아니 먹어.

"어떤 일입니까? 밥도 아니 먹고 그렇게 상심을 허여서."

"아이고 말도 말라. 내일 저녁 아버님 제사가 당허였는디 이 모양으로 눈이 쌓이니 갈 수가 있느냐? 허니 근심을 아니 할 수 있겠느냐?"

그러자 막내부인은 "갈 의견을 써 봅시다"고 하더니, 어디 가서 가죽옷이니, 다리에 씌우는 발래눈과 추위를 막기 위해서 다리에 씌우는 가죽옷의 하나니, 가죽 감티감투니 가죽으로 만든 걸 모두 빌려다 놓고, 쌀도 한 말쯤 싸 놓더니 가라는 거라.

"이래도 못 가겠습니까?"

"가 보겠네."

하르방이 그 가죽옷 입고, 발래 신고, 쌀 걸머지고 해서 큰부인이 있는 해안에 왔어. 아무래도 장개 처장가 든 처니까. 그런데 와 보니 해산을 한 거야. 할 수 없어 도고내외도동에 가니 이건 뭐 잔소리가 이만저만이 아니라. 자기를 첩으로 해서 내버려 두고 막내부인을 또 정해 사니까 자기를 버린 것으로 알았더니, 제사는 왜 자기한테 왔느냐고 막 대드는 거라.

하르방은 어쩔 수가 없어 둘째부인한테 사정을 했어. 상례喪禮에 해산한 집에서는 제사를 하지 말라고 했으니 어떻게 하느냐고. 그러면서 달래는 거라.

"여기 쌀일랑 지고 왔으니까 아무 말 말고 어서 어찌어찌 해서 메제사상에 올리는 밥나 허여 줘. 어떻게 넘기는 체 허게. 거 해안은 가서 보니 해산을 했으니 어쩔 수가 없지 않은가. 내 잘못했네. 내 미안허고."

막 사정을 했지. 그러니까 둘째부인이 막 욕지거리를 하면서 나오는 거라. 채소나 하고 메나 해 놓으려고 채소를 썰다가 그만 손가락을 끊어 버렸어.

"아이고, 손가락이 그만 끊어졌구나."

이젠 둘째부인도 제를 못 차리게 되니 하르방은 할 수 없이 채소 써는 체허고 메 한 술 해서 올려 제를 지내는 척했어.

"아이고, 이놈의 각시들 내버려 두고 가 버려야지."

도로 깊은 눈밭을 뛰어 막내부인한테 달아나 버렸어. 돌아오니까 막내부인이 귀신같이 사정을 먼저 아는 거야.

"해안 큰어멍큰어머니. 첫째부인은 아길 낳잰낳았다고?"

"기영 허여서그랬어."

"도고내 어멍은둘째부인 채소 썰다가 손가락 그챠부렀젠끊어 버렸다고?"

"저 사람 귀신이라? 어째서 그렇게 알았어?"

"아는 수가 있수다."

"어떻게 알았어?"

"알앙 무시거 허쿠가알아서 무엇 하겠습니까? 아는 수가 있수다."

하르방이 말하라고 다그치니, 어쩔 수 없이 말하게 되었어.

"그런 게 아니라, 그날 저녁은 제사를 당하니 나도 섭섭허여서 당신을 그리 보내어 두고 여자가 무슨 제를 차려서 절하고 할 수 없지만, 그래도 귀신이 해안으로 가다가 도중에 여기도 들렸다가 갈까 해서 참 정성을 들여 가지고 원미 한 사발을 쑤어다가 궤 위에 올리고 향 피우고 해서 놓아두고는 누워서 잤는데, 그저 원 잠도 정성 들여서 아무데나 눕지 않고 이렇게 엎드려서 절하다시피 해서 잠이 들었는디…. 어떤 수염이 이렇게 돋은 어른이 와서 내가 너의 씨아방시아버지이 된다고 허면서 저 해안은 가 보니, 해산을 허여서 들어갈 수가 없고, 도고내는 가 보니, 그 년이 하도 붕장거려잔소리 해서 나도 부애화가 나기에 칼을 가지고 손가락 하나 끊어 버렸다. 너한테는 와 보니 바르게 눕지도 아니 하고 나한테 절하면서 원미를 쑤어 올렸구나. 자손한테 돌아보려고 왔는데 그래도 한 번 술을숟가락을 잡아 보고 가야 하는디, 네가 그렇게 잘해서 정성드려서 놔뒀기에 잘 먹언 감쩌먹고 간다. 그 공은 내 알아야겠다. 내일랑 일어나거든 가서 보라. 장항장독 위에 흰 강생이강아지 하나 놓아두고 가노라."

깨어나 보니 꿈이라. 흰 강생이는 뭔가 하고 장독에 가 보니 부군富君이 있더래. 부군은 집안을 부자로 만들어 주는 뱀을 말하거든. 그러니 이건 씨아방이 놓아두고 가신 거라 어쩔 수 없이 싫어도 모셔 들여서 부군으로 잘 위하며 지냈대.

그러던 어느 날 하르방이 돌연히 마음을 내는데, 그 강정캐에서 물빌레기물이 잘 빠지지 않아 질퍽질퍽하는 밭로 내버린 것을 논을 만들겠다고 나섰다는 거야. 그리고 거기를 정말 아주 싹 갈아 내어서 논을 만들었어. 그때 그 강정캐가 논이 되었다고 해. 그러고는 삽시에 부자가 되었다는 이야기야. _애월면 광녕리

2-10. 아버지 제삿날 싸운 형제

중문리에 대정고을의 좌수를 지낸 이좌수 집이 있었는데, 이좌수의 사환으로 강정 사람인 현씨가 있었어. 이 현씨가 죽은 후 어느 날 밤에 이좌수의 꿈에 나타났어. 이좌수가 꿈에서 사환에게 말했지.

"어째서 왔느냐?"

"이 저녁 저의 기일이 되어서 왔다 갑니다."

사환이 자기 제사를 먹으러 왔다 간다는 말이지.

"제사니 왔다는 말이로구나. 어떻게 잘 누가 멕였나?"

"없습니다. 제사를 원 잘 만나지 못한 거 같습니다."

"어째서 그러냐?"

"저의 자식이 둘이 있는디, 아, 형제 놈이 다투어서 유혈이 낭자하고 이러니까니 제사 먹엉 가는 수 있습니까?"

"왜 그래?"

"제가 산 때에 조그마한 밭을 하나 장만해 두고 갔더니, 아 요 놈덜이 밭을 다투어 가지고 싸워서 유혈이 낭자하고 그렇게 됐십니다."

"그래? 우리 식솔이 나 먹으라고 팔죽을 두 기물 쑤어 왔다. 한 기물은 내가 먹고 한 기물은 건드려 보지 안 혀서 저 벡장벽장 위에 있으니까 내려 놓고 먹고 가라. 제사라고 하여도 고파서 그냥 가는구나."

사환은 그 죽을 먹더니 그냥 가 버렸고, 깨어 나니 꿈이라. 다음 날 이좌수는 사환을 불러서 시켰어.

"강정에 가서 현아무개 곧 잡아오라."

아들 형제가 잡혀 오니까 이좌수가 문초를 했지.

"너 엊저녁 무슨 일이나 있나?"

"없습니다."

"바른 대로 말해여."

"없습니다."

"너 무슨 이상한 일 있지 안 하냐?"

"이상한 일이멍말멍일인 듯 만 듯 저의 애비 제사 당해서 좀 이서났습니다있었습니다."

"거 제사 깨끗이 해서 응감應感이나 잘하도록 했나? 대답하라. 어찌 대답 아니 하나?"

"응감을 잘 하지 못한 거 같습니다."

"왜?"

"저 애비가 산 때에 밭을 하나 사 두고 죽었는디 아시아우 놈이 제사 보러 온 핑계에 밭을 내가 갈겠다고 하니 그럴 수가 있느냐 해서 다투어 가는 게 그만 너무 참 이상하게 되어서 아니 된 것 같습니다."

"어, 그래서 너를 불렀다, 이놈."

그러고는 사환보고 명령했어.

"그놈 잔뜩 묶어 가지고 죽건 죽으라고 태작타작하라. 어디 그럴 수가 있느냐?"

그렇게 해서 내쫓았다는 이야기가 있지. _중문동 대포

2-11. 명주 두 필로 인정 걸면서 가라

옛날에 사람이 죽었다 살아난 이상한 일이 있었지. 애월면 하귀리 사람인데 홀어멍이라. 외아들이랑 같이 살았는데 아들이 병에 걸려서 아무리 구완해 봐도 끝내는 못 고치고 죽어 버렸어.

그런데 이 홀어멍이 참 대담도 하지. 아들이 죽어도 울고 불고 하지 않고 남이 알까 봐서 문을 탁 잠가 두고 그대로 놓아두었어. 방에서 썩든 말든 15일만 넘으면 치우자 마음을 먹었지. 그런데 15일 만에 아들이 좀 움직거리는 듯 보이더니, 조금 있으니까 입에서 거품이 나오는 거야.

'아, 요거 살아나젠 헴신가살아나려고 하는가?'

혹시나 살아날 건가 해서 입에 물을 떠 넣어 보기도 하고 추양해 가니까 완전히 살아났어. 기뻐하는 어멍에게 아들이 이렇게 말했대.

"아, 이게 꿈인가? 뭣인고? 나 잔 지 몇 시간이나 되었수과?"

"하이고, 15일이나 너 잠을 잤다."

"하, 그렇게 길게 잤습니까?"

그러더니 아들이 꿈에서 있었던 일을 말하는 거라.

"꿈에 어떤 놈들이 나보고 막 가자고 허며 몽둥이로 몰아대어서 따라갔더니 어떤 어른이 앉았다가 문서를 내놓아서 보더니만, 그놈들한테 잘못 잡아 왔다고 호통헙니다. '이놈덜 아니 잡아 올 아이를 잡아 왔다. 곧 보내 버려라'고 헙디다."

거기에는 자기 말고도 잘못 잡혀 온 아이가 또 하나 있었대. 둘이서 거기를 나오게 되었는데 나올 때에는 문마다 문지기가 있어. 그 문지기한테 인정人情: 신에게 바치는 재화을 걸어야 나올 수가 있는데 자기는 어머니가 명주 두 필을 궤반닫이 안에 두었다가 도둑맞은 게 있으니 그걸로 인정을 걸면서 올 수 있었다는 거라. 거기서 어떤 사람이 어머니가 도둑맞았던 명주 두 필을 던져 주면서 말했대.

"자, 이걸 박박 자치한 자 길이로 끊어진 피륙로 찢으면서 인정 걸면서 가라."

자기는 명주 두필을 한 자씩 찢으면서 문지기마다 주고 나올 수 있었지만, 같이 오던 아이는 인정 걸 게 없었다고 해. 그 아이가 말했지.

"난 뭣으로 인정을 겁니까?"

"넌 아무것도 도둑맞은 것도 없고 남에게 준 것도 없다."

그래도 그 아이 어머니가 공덕을 쌓아 놓은 게 조금은 있었나 봐. 걸인이 넘어가다가 아기를 낳게 되니까 산뒤짚발벼짚 두 묶음을 가져다가 펴 준 게 있어. 그거 있다고 하면서 산뒤짚 두 묶음을 가져다가 훅 던졌대. 그걸로 그 아이는 나왔는지 아니 나왔는지 모르지만 자기는 다행히 어머니 덕분에 나왔다는 거라. 인정 달라고 하면 그 명주를 찢어서 주고, 또 다음 문에서 명주를 찢어 주고 하면서 열두 문을 나왔다는 이야기였어.

"어디 아주 높은 낭떠러지에 가서 섰는디 누가 뒤에서 자락 밀려 버려 앗뜩 했는디 깨어나집데다. 어머니 명주 두 필 잃어버린 적이 있수과?"

"아, 그거 아무 년도에 내가 도둑 맞은 적이 있다."

산뒤짚 두 개 받은 아이는 어떻게 됐는지 모르겠네. 그렇게 오래되지 않은 옛날 이야기야. _애월면 하귀리

3부

물과 땅 좋은 곳에 인물 난다

3-1. 행기물 지키는 수신

풍수에서는 물이 좋은 곳에 인물이 많이 난다고 해. 중국의 진시황이 만리장성을 쌓고 나라를 튼튼하게 해놓았지만 걱정이 있었지. 지리서를 보니 제주에는 좋은 물혈이 많다는 거라. 인물들이 많이 난다는 뜻이지. 진시황은 제주 사람이 중국에 쳐들어 올까 봐 인물을 못 나오게 할 궁리를 했지. 물이 나는 수혈을 끊기로 했어. 그래서 지리에 밝은 고종달胡宗旦이*를 제주로 보냈지.

* 지역과 구술자에 따라 고종달, 고종달이, 호종달이, 호종단으로 불린다. 구좌읍 종달리로 들어왔다 해서 붙여진 이름이다. 중국의 풍수사가 제주의 물혈, 땅혈을 떠 버려서 샘물이 귀하고 인물도 나지 않게 되었다는 내용을 근간으로 하는 이야기가 지역에 따라 약간씩 변주되면서 전해지는데, 살아남은 물은 밭 가는 노인이 구해 줬다는 공통점을 보인다. (물 좋은 곳에 인물이 난다는 것을 안 중국의 진시황이 제주의 물이 좋은 것을 알고 제주에서 인물이 나와 중국에 쳐들어 올 것을 염려하여 고종달이를 보내 단맥하게 했다고 한다. 또 중국 신고산 산신령이 조선 금강산에 좋은 물혈이 있다 하여 금강산에 가니 금강산 산신령이 금강산은 말뿐이고 실은 한라산에 있다 해서 한라산에서 내려오는 물혈을 떠 버렸다고도 한다. 또 한라산 영신에게 산혈과 물혈기를 물어보았는데 한라산 영신이 호종단에게 기가 말려서 말해 버리니 호종단은 그걸 기록했다가 들고 다니면서 단맥했다고 한다. 또 호종단은 중국에서 보낸 술사가 아니라 고려에

고종달이는 구좌면 종달리終達里 바닷가에 배를 붙여 들어왔대. 참 기막히게도 고종달 이름하고 이 마을 이름이 같았지 뭐야. 고종달이 아이들에게 물어보았어.

"아이들아, 여기가 어디냐?"

"종달리우다."

고종달이는 아이들이 자기 이름을 아는 걸 보고 깜짝 놀랐지. 과연 제주 아이들은 영리하다고 생각한 거라. 물이 솟아나는 혈을 끊어야겠다고 더욱 다짐했어.

종달리에는 좀 산간 쪽에 '너븐들'라는 넓은 들판이 있어. 거기엔 '물징거'라는 샘물이 퐁퐁 솟았는데, 이 물이 있어서 여기에 마을이 생기게 된 거야. 고종달이는 그 '물징거' 물의 혈穴을 끊어 버렸어. 그래서 물은 안 나오게 되고 지금은 물이 나왔던 구멍만 남아 있대. 그때부터 그 마을 사람들은 바닷가로 옮겨 가

귀화한 인물로서 제주에 보낸 것은 고려 조정이라고도 하며 원나라에서 보낸 풍수사로서 제주 전역의 단맥에 실패하자 책임 추궁이 두려워 고려에 귀화했다고도 한다.) 역사서에는 송나라 복주 사람인데 고려 예종, 인종 때 벼슬을 했고 고려에 귀화한 인물이라고 나와 있다.
고종달이의 단맥 설화는 제주 전역에 전해지고 구성이 정연한 점으로 미루어 도민들이 오랜 세월 동안 즐겨 말하고 전승했다고 볼 수 있다. 샘이 귀한 지리적 여건과 왜구의 침탈, 관리들의 수탈로 인한 황폐함을 물혈이 끊어졌고 왕이 없고 인물이 없기 때문이라 하여 단맥 설화를 만들어 냈다. 동시에 장수 설화, 인물 설화를 통해 인물을 바라는 열망을 담아 내기도 했다. 그것도 풍수에 의해 가능했으며 이를 안 중앙 조정에서도 풍수에 의거, 단맥으로 제주에서 인물이 나오는 것을 막았다고 한다.

살았다고 해. 바닷가에는 언제나 한라산에서 내려오는 물이 솟아나니까.

고종달이가 거기부터 시작해서 차츰차츰 서쪽으로 오면서 계속해서 물의 혈을 끊어 놓았지. 그러다가 저 '고으니 모를' 동산에 오기 전에 동제원東齊院: 제주시 동문 바깥의 지명에 이르러 물의 혈을 끊으려고 했어. 그곳에 참 좋은 물이 있었는데, '행기물'이라고 해. 바로 그 위에는 '쉐질매'라고 하는 조그마한 동산도 있었고.

그때 어떤 머리가 허연 노인이 밭 가는 농부에게 헐레벌떡 달려오면서 말했대.

"나를 살려 달라."

"너는 어떤 사람이냐?"

"어떤 자가 금방 나를 죽이려고 오고 있으니까 살려 달라."

"어떻게 살려 주냐?"

"행기놋그릇에 물을 한 그릇 떠서 쉐질매소길마: 짐을 싣기 위해 소의 등에 안장처럼 얹은 도구 밑에 숨겨 달라."

머리가 허연 노인은 바로 그 행기물을 지키는 수신水神이었던 거라. '쉐질매'는 소에 짐 실을 때 소 등에 얹는 안장인데, 물 위에 있던 동산하고 이름이 같았네.

농부가 행기에 그 물을 한 그릇 떠서 쉐질매 밑에 숨겨 놓았지. 수신이 쉐질매 밑에 숨어 버렸으니 행기물은 끊어져 버렸어. 그때 고종달이가 행기물 근처에 와서 암만 물을 찾아도 찾을 수가 없었지. 그가 밭 가는 농부에게 물어보았어.

"여기 쉐질매 밑의 행기물이 어디냐?"

고종달이가 가지고 온 지리서에는 분명히 '쉐질매 밑의 행기물'이라고 써 있거든. 농부가 "저기다" 하고 가리켰지만 물이 없거든. 그러니까 고종달이는 "에이 이놈의 책, 헛된 책 가져왔다" 하고 지리서를 불 태워 버리곤 돌아가 버렸어.

이제 수신이 쉐질매에 숨었다가 나와서 물로 돌아가니 행기물은 다시 솟아나게 되었지. 그 물이 얼마나 좋은지 제주에서 그 물만큼 무게 찬 물이 없었고, 물이 크진 않아도 창창창 흘렀대. 그래서 그 아래엔 논밭도 있었어. 후제에 길을 닦으면서 없어져 버렸지만.

그때 고종달이가 종달리부터 물혈을 끊어 버리니까 화북 동쪽에는 물이 귀하고 서쪽으로는 논도 더러 있고 농사도 잘되지.
_구좌면 김녕리

3-2. 거슨샘의 물할망

호종달이는 호인胡人인데, 중국 사람이라는 말이야. 옛날에는 중국 사람을 호인이라고 불렀거든. 그 중국 사람이 종달리終達里로 왔다고 해서 호종달이로 부르는 게지. 호종달이가 종달리 지미봉 상봉에 올라가지고 한라산 영신을 불렀다는 거라. 영신을 부를 정도로 실력을 가졌던 모양이라.

"이 제주섬 안에 있는 물설기[水穴氣]와 산설기[山穴氣]를 말해라" 하니, 한라산 영신이 기가 말려 가지고 어쩔 수 없이 죄다 얘길 했던 모양이라.

그러니까 호종달이가 기록해 가지고 그걸 보면서 종달리로부터 출발해 남군남제주군을 들어오면서 물혈을 떠 버리는데, 토산 거슨샘에 당도하게 되었지. 그러니까 그 거슨샘 물할망[水神]은 그걸 알고 행기놋그릇에 물을 담아 들고서 밭 가는 사람한테 가서 살려 달라고 했어.

"어떻게 살립네까?"

"저 쉐질매 밑터레밑으로 놓아 주십서. 어떤 사람이 와서 물어도 모르겠다고만 해 주십서."

옛날에는 '쉐질매'라고 해서 소 위에 짐 지우려고 하면 받치는 기구가 있었지. 그러니까 그 행기물을 말아서 질매 속으로 숨겼단 말이야. 그러자, 호종달이기 와 가지고 묻는 거라.

"여기 질매산 아래 '행기물'이 어디요?"

"행기물? 별 양반 다 보네, 나 듣기도 처음인데."

그러니까 호종달이가 생각하기를, '한라산 영신이 나에게 보고할 때 제라허게정직하게 안 했을 것이다. 이거 거짓이다' 하면서 문서를 찢어 버렸지. 그래서 거슨샘에는 물이 난다는 거라. _남원읍 하례

3-3. 지장샘의 물귀신

고종달이가 토산에서 실패를 하고 계속해서 서쪽으로 오다가 남원을 지나 서귀포 홍리에 왔어. 홍리에도 좋은 물이 있지. '지장샘'이라고 하는 물이야. 그런데 고종달이가 와 보니 물의 혈이 없어. 분명 지리서에는 거기에 있다고 했는데 말이야.

'아, 이놈의 물이 어디 도망쳤나?'

부근에 다니다 보니까 밭 가는 노인이 있는 거라.

"당신 이 근방에 물 있는 거 모르오?"

"물이라니 어떤 물 말이요?"

"우장雨裝소 아래 고부랑낭구부러진 나무 아래 행기놋그릇물이 어디 있소?"

"글쎄, 그런 물 어디 있는지도 모르고 들어보도 안 했는데…나 참, 팔구십 나도록 살았자 그런 물이 있단 말은 못 들었소."

이러니까 고종달이는 지리서를 이리 걷어 놓아 보고 저리 걷어 놓아 보고 하다가, "에이, 쓸데없는 문서다" 하면서 불 붙여 두고 고향에 가 버렸지.

그런데 사실 고종달이가 오기 전에 먼저 어떤 머리가 허연 노인이 밭 가는 노인에게 와 가지고 애원했어.

"저를 살려 줍서. 나를 곱져숨겨 줍서. 나 잡으러 오고 있습니다. 헹기에 이 물을 떠다가 우장소 아래 질매 밑에 숨겨 줍서."

그때가 비가 옴직한 날이니까니 그 쉐질매 위에 우장雨裝을 덮었지. 우장은 도롱이 닮은 건데, 새띠로 엮어서 비올 때 쓰고 다니는 거야. 쉐질매는 구부러졌으니까 고부랑낭이고. 그러니 '우장소 아래 고부랑낭 아래 행기물'이 있는 셈이지. 그 물귀신 덕분에 홍로 지장샘 물도 살아난 거지.

그래서 제주시에서 동으로 돌아서 겨우 화북 행기물하고 토산 거슨샘 물하고 홍로 지장샘밖에는 산물[生水]이 없다고 해. 다 고종달이의 재간이지. _서귀포 중문동 대포

3-4. 제주의 5대혈을 다 떠 버린 고종달이

고종달이가 물혈은 다 못 뜨니까 이제 '산혈山穴이나 떠 버리자'고 작정을 했어. 산 자리를 뜨려면 지리를 아는 사람이 있어야 되겠는 거야. 그 사람을 앞세워서 같이 다니려고 한 거지.

"누구 이 산에 지리 아는 사람이 없겠느냐?

이때 경주 김씨 김만일의 조상이 한라산 길을 잘 알았던 모양이라. 김씨하고 같이 남원읍 의귀리 '반디기 밭'에 간 고종달이는 쇠몽둥이 반 팔만 한 것을 꽂더니 김씨에게 말을 해두었어.

"이 쇠몽둥이가 아무리 요동을 치더라도 건드리지 말아라."

고종달이는 한참 떨어진 데로 가서 산혈을 밟아 오는데 쇠몽둥이가 막 요동을 치는 거라. 건드리지 말라고 했지만 김씨는 아무래도 이상해서 뽑아 보았지. 보니까 피가 벌겋게 묻어 있는 거야. 놀라서 얼른 도로 찔러 버렸지. 고종달이가 막 급하게 달려와서 물었어.

"아까 이 쇠몽둥이 봤느냐?"

"안 봤습니다."

"바른 말 안 허면 죽여 버리겠다."

"하도 들락퀴니까니요동치니 이상하다곤 해서 빼 보니깐 피가 붙어 있길래 다시 찔렀습니다."

"그러냐? 이건 아무래도 당신에게 태운 땅인가 보다. 여기에 집도 지어 살고 조상묘도 써라."

고종달이는 장군혈, 물혈, 말[馬]혈 이것을 죽이자고 제주에 온 사람이야. 장차 제주에서 왕이 나고 인물이 많이 나서 중국을 칠 것이다 해서 땅의 혈과 물의 혈을 뜨러 온 거지. 땅하고 물이 좋으면 인물이 난다고 봤거든.

'반디기 밭'이 명당자리라서 없애려고 쇠코쟁이를 박은 건데 김만일 조상 앞에서 흔들렸고 그가 뽑았다고 하니까 그 사람이 발복할 조짐으로 보고 넘겨 준 거지. 산터는 황사형黃蛇形, 그러니까 누런 뱀 모양이고, 집터는 말혈, 말 모양이지. 그렇게 해 두고 '길앞잡이도 필요없다. 이젠 나대로 다녀야 되겠다' 하면서 혼자 돌아다니며 땅의 혈을 전부 끊어 버렸다고 해.

산방산山房山 앞에 이상하게 생긴 용머리 언덕이 있는데, 거기가 용이 살아 있어 왕이 난다는 곳이야. 고종달이가 그걸 알고 용의 꼬리 부분을 한 칼로 끊고 잔등이 부분을 두 번 끊어 버렸다고 해. 그래서 그 모양이 완전하질 않고 무슨 톱 같은 걸로 끊어 버린 듯이 생겼어. 이게 다 고종달이 때문이라. 그 때문에 제주도에서는 왕이 나지 않는다고 해.

제주도에는 전부 6대혈이 있는데 이 반디기 혈만 끊지 못하고 나머지 5대혈을 고종달이가 다 끊어 버렸어. '6대혈'이라 하면 1 사라, 2 반데기, 3 게미록, 4 영실, 5 성널, 6 반디기 밭. 반디기 밭이 바로 지금 경주 김씨네가 사는 데지. 그 쇠몽둥이 요동친 반데기 밭에 고종달이의 말대로 김만일 조상이 자기 아버지 묘를 이장하니까 후대에, 그러니까 김만일 때 말이 번식을 잘해서 부자가 되었지. 그 말을 나라에 많이 바치니까 감목관監牧官 벼슬이 내려와서 대대로 그 벼슬을 했다고 해. _남원읍 하례

3-5. 고종달이 덕분에 발복한 김만일

고종달이가 정해 준 반디기 밭에 김만일의 조상이 집을 짓고 아버지 묘를 이장해서 살았어. 여기에 쿳나무구찌뽕나무가 있었는데 고종달이가 집 지을 때 이 나무 밑을 자르지 말고 기둥할 만큼 남겨 두고 윗부분만 잘라서 그것으로 툇기둥을 삼으라고 말했어. 그 말대로 집을 지었어. 그러니까 그 나무가 집 안에서 자라는 셈이지.

후대에 김만일이가 태어났어. 자라서 장가를 갔는데 한림읍 협재인가 금능인가에 갔대. 의귀하고 협재는 굉장히 먼 거리야. 제주 동쪽 끝하고 서쪽 끝이지. 김만일네가 양반이다 보니까 양반 찾아 사돈한다는 것이 그처럼 멀리 간 거지.

근데 이 김만일이가 참 착한 사람이라. 처부모 제사를 당하면 그렇게 먼 거리인데도 꼭 가는 거라. 옛날이니 꼬박 걸어가야 하는 길인데. 총 메고 산 길로 가다가 큰 산돼지나 노루를 하나 맞

혀서 제수감으로 가지고 가는 거라. 해마다 그러니까 처남이 참 고마워서 말했지.

"매부는 쇠나 말이나 기르고 있어?"

그때까지는 산터와 집터가 발복이 아니 되었던 터라 김만일네가 아주 가난했어.

"쇠나 말이 어디 있수과? 그럴 형편이 못 되우다."

"그거 안되었고. 나에게 말이 많이 있어. 한 삼백여 수首 있는데 하나 가져다가 길러 보세."

배질빵: 짐 따위를 질 수 있도록 어떤 물건 따위에 연결한 줄를 주면서 하나 걸려 가라고 했는데 새끼 잘 낳음직한 자마雌馬: 암말를 고르지 않고 웅마雄馬: 수말 새끼를 고르는 거라. 기껏해야 방아 찧을 때 말고 쓸 데도 없는 것을. 그래도 김만일은 집에 데려와서 뒷동산에 놓아 길렀지.

다음해 제사 때에 처가에 가니 처남이 실망하며 말했어.

"나는 올해 농사는 망쳤네. 말들이 다 도망가 버렸어. 조밭에 말이 밟아 줘야 조가 날 것인데 말이 없으니 밟지를 못했지."

"말들이 어떻게 생겼수과? 작년에 한 번 본 것뿐이니 기억을 못 허쿠다."

"적다말赤多馬: 붉은말 몇 필, 가레말黑色馬: 흑색말도 몇 필, 또 다른 말도 몇 필, 이래서 몇 백 수가 있었는데 하나도 없이 도망갔다."

김만일이 생각해 보니 이런 말들이 자기네 뒷동산에 보이는 거라.

"우리 뒷동산에 그 색자色字 닮은 말들이 많이 와서 놉네다."

"아니 의귀가 어디라고 거기까지 말들이 갈 리가 있어? 거기서 나서 큰 말들이면 모르지만 이 지경에서 나고 고지高地로만 돌린 말인데."

그래도 매부가 하는 말을 들으니 틀림없이 자기네 뒷동산의 말 같아 보이는 거라. 그래서 처남은 '헛일 삼아 가 보자' 해서 의귀에 와 보았지. 와서 보니 정말 자기네 말이라.

"하, 이놈의 말들이 뭐 때문에 여길 왔는지 모르겠다."

하면서 다시 데리고 와서 그해 농사를 짓고 다시 산에 올렸대. 그런데 한라산에 올렸던 말들이 자꾸만 이 매부네 뒷동산에 와 버렸다는 거야. 매번 와서 몰아가 봤자 다시 와 버리니까 하는 수 없어서 처남이 말했어.

"그 말들 매부가 길러 버려. 내 자꾸 그 먼 곳까지 가려니 괴롭고 또 나는 재산이 풍부한 사람이니까 그 말이 아니라도 살 게고 자기는 재산도 빈약하고 하니 그 말 맡아서 기르게."

그래서 그 말들을 맡아 기르는데 새끼를 낳으니까 연년생으로 낳는 거라. 한 해 걸러 낳는 수도 있지만 대부분 연년생으로 낳으니 말이 금방 수천 수가 된 거라. 고종달이가 쓰라고 한 데에 산터, 집터를 쓰니 발복한 게지. 또 처가 제사를 잘 봐서 성의를 다했으니 발복이 더 잘되었던 거야.

그후 임진왜란 때 나라에 말이 부족하니 김만일이 1천 수를 바쳤다고 해. 나라에서는 헌마공신으로 감목관監牧官이란 직명을 내렸지. 나라 목장을 살피는 관리직인데, 대대로 자손들이 이 벼슬을 물려받았다고 해. 감목관이 죽어서 그 아들이 물려받을 때마다 구찌뽕나무에서는 새순이 돋아서 나무가 죽지 않았대.

_남원읍 의귀리

3-6. 쓸 때는 '中文里', 읽을 때는 '중물리'

중문에 가면 천제연天帝淵이 있는데, 그 동북쪽에 삼천 평 정도 넙수룩한 데가 있어. 거기가 바로 중문마을인데, 정씨들이 많이 살아. 그 정씨들이 이 마을 주인이라고 해도 과언이 아닌데, 처음에 이 사람들이 먼저 살았고 차차 사람들이 모여들어서 지금처럼 큰 동네가 되었거든.

정씨가 맨 처음 이 땅에서 살 때 육지에서 어떤 중이 왔어. 그 중은 정씨네 집에서 얻어 먹으며 몇 해를 살다가 고향에 가게 되었어.

"나는 가겠소."

"어서 잘 가라."

"당신 은공으로 잘 살다 가니 그 공을 갚고 싶은데 나는 물자도 없고 하니 당신네 생활에 귀한 게 있으면 내가 할 수 있는 거면 갚겠다."

"물이 귀허다."

그 동네가 물이 귀한 데라, 제라헌완전한 물을 먹으려면 서쪽으로 천제연까지 가야 했어. 아주 먼 거리지. 동쪽으로 가자 하면 월평하고 대포 사이에 선귓내先歸川가 있는데 거기도 아주 먼 거리이고. 옛날에는 물을 허벅물을 길어 나르는 동이에 지어다 먹었으니까 하루 댓 번은 져 와야 식구가 생활할 수 있는데, 거리가 머니까 곤란했거든. 그래서 물이 귀허다고 하니 그 중이 어느 동산을 가리키면서 말했대.

"요 남쪽에 조그마한 동산이 있소. 여기를 파면 한 십여 호戶 먹을 물은 있을 겁니다."

그래서 거길 팠더니 물이 나오는 거라. 그 물을 먹으면서 살아가니까 먼 데서도 사람들이 모여들었지. 물을 따라서 온 거야. 그래서 거기를 '중물리'라고 불렀어. 중이 물을 알려주었으니까. 한자로는 승수리僧水里지.

옛날 조선시대에는 유교로 정치를 하면서 불교를 배척했잖아. 그래서 중을 천하게 봤어. 특히 양반들은 중을 하찮게 봤지만 양반들이라고 별 수 있나? 물을 따라서 중물리로 온 거지.

하루는 양반들이 모여서 이렇게 말했어.

"우리가 그래도 소위 양반이라 하는 자격자들인데 마을 이름을 좀 유교식으로 붙여야 하지 않을까?"

그래서 유식하게 한문으로 만들었지. 그래도 묵은 이름을 없애 버리는 건 그 중에게 좀 미안했나 봐. 그래서 묵은 이름을 살리려고 하다 보니 가운데 중中 자에 글월 문文을 가져온 거라. '중문'中文이라고. 읽어 봐. 마을 '리'里자를 붙이면 [중물리]라고 읽히지? 음으로는 '중이 정해 준 물'이라는 뜻을 살린 거고 글자 뜻은 글을 공부하는 양반마을이라는 거지. 쓸 때는 한자로 '中文理'로 쓰니깐. 그리고 진짜 중문에는 양반들이 많이 살았다고 해. _중문동 대포

3-7. 삼 년까지는 문 안에만 있어라

김녕에 아주 좋은 산자리묏자리가 있었어. 앞에는 '한수'라고 좋은 물도 있었고. 거기에 어떤 풍수 보는 사람이 묏자리를 봐주고는 상제의 자손들에게 말했대.

"삼 년까지랑 가만히 문 안에만 있어라."

그런데 거기 묘를 쓴 후에는 그 자손의 마음에 막 자기가 역발산기개세力拔山氣蓋世: 힘은 산을 뽑을 만큼 매우 세고 기개는 세상을 덮을 만큼 웅대함을 이르는 말 할 것 같았대. '내 이런 힘 가지고 기술 가지면 서울 가도 걱정이 없겠다'는 생각이 들 정도로 몸에서 막 힘이 불끈불끈 솟아나는 거라.

결국 서울에 올라가게 되었는데, 거기서도 몸에서 힘이 벌떡벌떡 솟아나니까 경복궁 대들보를 자꾸 들어서 신을 거기에 박아두고 나와 버렸대. 힘이 장사였던 거지.

그러니 나라에서는 '이거 안 되겠다. 역적이다' 해서 잡으려

했지. 가짜 궁궐을 만들어 가지고 불을 일부러 붙여서 사방에 광고를 써 붙였대.

"이 불을 끄는 사람이 있으면 천금千金에 만호봉萬戶封을 봉하여 준다."

이렇게 하니 이놈이 한강의 나룻배로 물을 떠다가 꺼 버렸단 말이야. 나라에서는 주안상 베풀어 가지고 천금에 만호봉 봉하여 준다고 하면서 술을 막 독주로 퍼먹여 놓고 기회를 틈타 쇠사슬로 결박해 놓으니까 제가 암만 장사라도 까딱을 못했지. 나라에서는 암만 해도 이상해서 물어보았어.

"너, 아버지 묘라도 어디 쓴 데 있느냐?"

"있습니다."

"가 보자."

와서 보니 김녕리의 한수에 묘를 쓴 거야. 그걸 파헤쳐서 보니 황소가 뒷다리는 일어서고 앞발은 꿇려 있는 형상이었지. 풍수 보는 사람 말대로 삼 년만 있어서 앞발까지 일어섰으면 이 사람이 성공을 했을지도 모를 일이었지. 나라에서는 무덤을 파헤쳐 던져 버렸다고 해. _구좌면 김녕리

3-8. 광령 사람들에게 물을 선사한 김통정

옛날 제주 속담에 "애기업게 말도 들어보면은 낫다"라는 말이 있는데, 바로 김통정 이야기에서 나온 말이야. 애기업게는 애기를 보는 열 살 안팎의 여자아이를 말해.

고려 때 일이야. 한 과부가 지렁이하고 정을 통해서 아이를 낳아 보니 글쎄 몸에 온통 비늘이 돋아 있고 겨드랑이에는 날개가 돋아 있는 거야. 지렁이와 정을 통했다 해서 지렁이 진 자 성을 붙여서 진통정이라고 불렀지. 그런데 '진'이 '김'하고 비슷하다고 해서 김통정이라고 하는 거야.

김통정은 커 가면서 활도 잘 쏘고 하늘도 날아다니고 도술을 부렸지. 그때 몽고가 우리나라에 쳐들어 왔는데, 삼별초가 끝까지 싸웠어. 김통정이 그 우두머리였지. 그런데 고려가 몽고군에게 항복하니까 김통정은 제주도로 내려와서 대항했어. 진도로 해서 왔다고 해.

와서는 고성 광녕에 제주 백성들을 동원해서 흙으로 토성을 쌓고 쇠문을 달아 매어서 튼튼하게 성을 만들고, 그 안에 궁궐을 짓고 왕으로 자처했어. 나라에서는 김통정을 잡으러 장군들을 보냈지. 그러면 김통정은 어떻게 했느냐 하면 우선 성 위를 돌면서 재灰를 뿌리는 거라. 그래 놓고는 말꼬리에 빗자루를 달아매서 말을 타고 성 위를 돌았지. 그러면 재가 뿌옇게 날려서 사방 분간을 못할 거 아니겠어. 그러니 육지에서 온 장군들은 어디가 어디인지 몰라서 돌아가 버리곤 했대. 김통정은 백성들한테 세금 받을 때 돈이나 쌀이 아니라 재 닷되하고 빗자루 하나씩만 받았다고 해. 이런 때 써먹으려고 했던 거지.

그러다 보니 육지에서도 도술을 잘하는 장군을 보냈어. 그 장군은 잿가루가 날려도 도술로 어찌어찌 성문 앞까지 왔지. 김통정은 백성들을 다 몰아서 성문 안에 들여놓고 쇠문을 잠갔어. 근데 하도 서두르는 바람에 그만 '애기업게' 하나를 들여놓지 못했지 뭐야. 실수를 한 거지. 육지에서 온 장군은 쇠문이 하도 단단하니까 성 안으로 들어가지 못해서 빙빙 돌기만 했어. 그때 애기업게가 말했어.

"어떵허연 장군님은 성만 뱅뱅 돌암쑤과?"

"성 안으로 들어갈 수가 없어서 그런다."

"아이고, 육지 장수덜 참 머리 나쁘네. 불미풀무를 걸어서 두

일레이레 열나흘만 부꺼봅써불어보세요. 어떵 되느니어떻게 되는지."

육지 장군이 무릎을 탁 치면서 옳거니 하고 풀무를 피우니 아닌 게 아니라 쇠문이 녹아내렸거든. 군사들이 성 안으로 쳐들어가니까 김통정은 깔고 앉았던 쇠방석을 바당바다에 내던졌지. 그러니까 그게 섬이 되었는데, 바로 관탈섬이야. 김통정은 날개가 있으니 거기로 날아갔지.

육지 장군도 가만 있을 리가 있어? 관탈섬까지 쫓아갔지. 그런데 김통정은 온몸에 비늘이 있으니 찌를 수가 없었어. 이번에도 애기업게가 방법을 가르쳐 주었대. 다들 모기로 변해 가지고 김통정 주위를 뱅뱅 돌라고 하는 거라. 그래서 그렇게 했더니 김통정이 "바다에 무슨 모기가 이렇게 웽웽 거리는고?" 하면서 다시 고성으로 날아왔어. 모기들이 여기까지 또 따라왔지. 그러니까 "이놈의 모기가 왜 이러나?" 하고 고개를 한 번 뒤로 젖히는 순간 비늘 사이로 살이 드러났지. 바로 그때 모기 한 마리가 육지 장군으로 변해서 칼을 뽑아 김통정의 목을 내리쳤대.

이때 김통정은 죽으면서 "내 백성일랑 물이나 먹고 살아라" 하며서 홰靴: 구두를 신은 발로 바위를 꽝 찍었대. 그러니까 그 바위에 홰 자국이 움푹 패여서 샘물이 솟아 나왔지. 고성 사람들은 지금도 그 물을 먹어. '장수물'이라고도 하고 '횃부리물'이라고도 하고 '횃자국물'이라고도 해._애월읍 고성 광녕

3-9. 방 바꼍이 좋습니다

풍수라는 건 '정시'라는 건데, '정시'지관地官는 묏자리를 볼 줄 아는 사람이지. 사람이 죽으면 풍수를 청해서 묻을 산터를 구했는데, 그것을 구산求山한다고 해. 옛말에 "십 년 구산求山에 십 년 택일한다"는 말이 있어. 그만큼 산터를 신중히 고른다는 뜻이야. 정시를 청해다가 좋은 산천을 만나면 자손이 발복해서 잘된다고 해서 아주 열심으로 숭배를 했지.

정의마을에 오훈장과 정지관이라는 지관이 있었어. 오훈장이 정지관의 선생인데, 오훈장은 글이 명사名士로 문장이 좋았대. 그때는 정의마을에서 만일 상사喪事가 나면 오훈장과 정지관을 모셔왔어. 어느 정씨네 집에서 상사가 나니까 역시 이 두 분을 청했지. 두 분이 구산을 나갔다가 타라비지명 앞에 묏자리를 구하려고 했어. 그런데 오훈장과 정지관의 의견이 엇갈렸어. 오훈장은 잣길고 높은 담 안이 좋다고 했지.

"잣 안이 아주 명당이다."

"잣 밖에가 좋습니다."

정지관은 잣 밖이 좋다고 말했지만 오훈장이 스승인 데다가 그 위풍에 밀려서는 자기가 본 터가 좋다는 주장을 강하게는 못 하고 돌아왔지. 그날 밤 상제네 집에서 잠을 자는데 그때가 추운 때였어. 오훈장은 방 안 따스한 데 앉고 정지관은 마루에 앉았대. 사제지간이니까 그렇게 한 건데, 오훈장이 정지관보고 추우니까 들어오라고 했어.

"정서방, 정서방도 이 안으로 들어오자."

"괜찮습니다. 저는 방 안보다도 방 바꼍이 좋습니다."

정지관이 이렇게 말하는 것은 잣 안보다 잣 바깥에, 즉 말하면 자기가 본 산터가 좋다는 의미로, 상주가 알아듣길 바라고 한 말인데 상주는 알아먹지 못했어. 다음 날은 상주가 멀리까지 치송을 하게 되었는데 그때는 말을 타고 다닐 때라.

이때 말 고삐를 잡는 장남사내 머슴이 안가였는데 그 머슴도 상을 당했었나 봐. 옛날에는 상을 당하면 당장 장사를 안 지내고 생빈가매장을 했거든. 이 장남은 재력이 없을 거 아니겠어. 그러니 생빈만 해두고 다시 장사 지낼 엄두는 못 내고 있었지. 멀리 치송하러 말을 이끌고 가다가 정지관을 보고 부탁을 드렸어.

"지관님, 나는 남의 집 장남 처지로 부모님을 여의었지마는 장사를 못하고 있습니다. 하니 그저 신체발복할 데나 어디 하나 점지해 주시고 가십서."

"아, 뭐 볼 것 있느냐? 나 본 터에 가서 묻으라. 그러면 자네가 시방은 여기서 장남질 하지만 나중에는 정가가 자네 집에서 장남질을 할 테니깐."

그래서 말해 준 데 안장을 했는데, 세상에 나중에 그 안씨네가 아주 흥하고 정씨네는 쇠약해져 버렸대. 그래서 옛날에는 풍수를 크게 숭배했지. _표선면 성읍리

3-10. 비둘기 날아 버린 땅

지금은 중문에 고씨들이 많이 살지만, 옛날에는 서귀읍 호근리에 고씨들이 많이 살았대. 그 호근리에 '통물 오좌수'라고 하는 이가 있었는데, 오좌수가 살았던 집터에 통물이 있어서 그렇게 불렀다네. 그런데 그이가 신안神眼, 그러니까 풍수와 관상술에 정통한 눈이라.

고씨의 한 조상이 그 통물 오좌수에게서 글을 배웠는데, 그러다 그의 부친이 죽으니까 오좌수에게 묏자리를 봐 달라고 부탁을 했어.

"선생님, 제 부친 상사喪事가 났으니 땅을 한 자리 가르쳐 줍서."

"어, 그러해라."

함께 땅을 보러 나가는데 오좌수가 말했어.

"너 어디 생각해 둔 데가 있느냐?"

"요 삼영봉서귀포 중심가 서쪽에 있는 삼매봉(三梅峯)의 속칭 앞에 봐 둔 데가 있수다."

"그러면 그리 가 보자."

"어디 이 부근에 짐작합니다."

그러니 오좌수가 그곳에 재혈栽穴을 해 줬어.

"요 지경에 영장永葬: 장사 지냄하라."

영장날은 그 통물 오좌수가 장지에 갔어. 영장하는 상제는 삼형제인데, 오좌수에게 묏자리를 부탁했던 상제는 셋째 상제였지. 그런데 개광하관할 자리를 마련하는 것하는데 변고가 일어났어. 개광을 파 가는데 큰 반석이 나타난 거야. 넙적한 돌이 나타나니까, 이 돌을 파내어서 관을 앉힐 건가 돌 위에 그대로 영장을 할 건가, 상제들끼리 의논이 갈렸지. 오좌수는 그걸 보다가 말하길

"늬 애비를 돌 위에 묻겠느냐?"

했어. 돌을 파 버리라는 말이지.

마침 그때 셋째 상제는 대변이 마려워서 일 보러 먼 데 가 버려 없을 때라. 위의 형들만 있는 데서 그 일이 생기니 오좌수 말대로 돌을 파내었지. 그때 비둘기 두 마리가 나는데 하나는 범섬으로 날아가서 앉고, 하나는 외돌에 가서 앉았지. 비둘기가 나는 건 파혈되었다는 뜻이야. 혈을 잃어버렸다는 거지. 셋째 상제는 대변을 보고 와 보니 돌은 파내어 버렸고 비둘기가 날고 하니

선생인 오좌수에게

"당신 우리허고 무슨 원수 이수꽈?"

라고 말했다고 해.

형님들한테도 말했지.

"형님네 어떵 하쿠과어떻게 하겠습니까? 영장을 하쿠과하겠습니까 말쿠과안 하겠습니까?"

위의 형들이

"아, 이제 어딜 가느니?"

"그러면 형님들 하고 싶은 냥 하서."

그곳에 장사지내고, 초우제初虞祭: 장사지낸 뒤 처음 지내는 제사를 지내고, 집에 와서 뒷날 재우제再虞祭, 또 뒷날 삼우제 지나서 제 끝에 음복까지 한 후에 셋째가 말했어.

"졸곡卒哭 넘으면 나 죽습니다. 소상小祥 넘으면 큰형님 죽습네다. 중형님이나 살았다가 대代 이십서이으세요."

정말 그렇게 말한 대로 되었지. 지금 중문에 사는 고씨들은 다 그 중형의 자손들이래. 산터에서 비둘기가 날아간 그 화禍로 두 형제는 죽어 버렸고. _중문동 대포

3-11. 강훈장 이야기

1) 할머니 묏자리도 대접받는 만큼만

강훈장이라고 하는 하르방이 있었어. 어디 다니다가 굿하는 걸 보면 굿해서 얻어먹고, 지리·땅 보는 데 가면 정시풍수지관질 해서 얻어먹고 하면서 그저 가는 데마다 닥치는 대로 하고, 생전 예도禮度는 안 하고, 체면 차릴 줄도 몰랐대.

그 하르방이 대정 도원리 하르방인데, 대정에서는 훈학訓學을 하지 않았어. 제주시 신촌新村 근방에 가서 훈학을 했지. 하루는 조모가 죽었다고 부고가 갔단 말이여. 집에 오니까 두건 하나를 주니까 받아서 썼어.

그런데 상에 절도 안 하고 '어이구 어이구'만 하면서 장사지낼 걱정을 안 하는 거라. 그 부친은 우리 아들이 정시질을 하니까니 장지를 정할 테지 했는데 매일 봐도 그저 심드근무심한한 거라. 보다 못해서 어머니가 말했어.

"너는 남의 산은 보고 자기 산은 볼 줄 모르느냐? 거 할망도 어떵 묻을 생각허라게."

"남에게 차려 먹이듯 차려 멕이심."

남에게 차려서 먹이듯 자기에게도 차려 먹이라는 거지. 그러니 할 수 없이 어머니가 딸에게 말했어.

"닭이라도 한 마리 잡아오라."

닭 한 마리 잡고 흰 쌀밥하고 술까지 해서 갖다주니 먹더니만 뒷날은 묏자리를 보러 가는 거라.

"그러면 산 보러 오늘랑 갑주가시지요."

좀 가다가 어느 밭으로 넘어가더니만 아버지에게 어느 한 곳을 가리켰어.

"이디 어떵해 뵈꽈여기 어떻게 생각합니까?"

한데 아버지 눈에는 별로 좋아 보이질 않는 거라.

"이보다 나슨 딘 어시냐더 좋은 곳 없느냐?"

또 내려오다가

"여긴 어떵해 뵈꽈?"

아, 거기도 마땅치가 않아 보이는 거라.

그러다가 '윈물오름'과 '강남오름'이 마주 붙은 곳이 있는데, 강남오름 굽기슭에 한 마을 닮은 곳인 데가 있어. 거기 가서 서 가지고 말했어.

"여긴 어떵해 뵈꽈?"

"하, 이디 좋아 뵈다."

"경허민그러면 이디 묻읍주 뭐."

거기에 장사를 지냈지. 자기대로 택일도 다 하고. 장사를 다 지낸 끝에 장밭에서 초제를 지내고 나서는 두건을 벗어서 상 앞에 턱 놔두고 하는 말이

"삼대 정승날 디도데도 말다싫다, 당대에 문장날 디도 말다 하니, 난 땅 팔아 먹으레 갑니다."

하고는 거들거들 걸어서 나가 버리는 거여. 땅 팔아 먹으러 간다는 건 정시질하러 간다는 거지. 아, 가는 걸 잡을 수도 없고 해서 내 버렸지.

2) 소 한 마리 대접받으면 그만큼

그때가 강훈장이 신촌新村 가서 글을 가르칠 때인데, 아마 채대정대정의 현감으로 있던 채씨이 신촌 사람인 모양이라. 채구석이가 글을 읽을 땐데, 그놈이 두건 쓰고 잘락잘락 다니고 있거든.

"야! 느네 집이 영장 나시냐?"

"예, 우리 할아버지 죽어수다."

"느네 집, 쇠 신 집가소 있는 집이냐?"

"예, 밭 가는 쇠 시수다있습니다."

"게건그러면 느네너의 집 가르치라가리켜라."

"이리 옵서."

채구석을 앞세워서 가니까 그 집에서는 대환영이라. 이미 강훈장은 유명한 정시로 소문이 났던 게지.

"집에 영장났다고 하길래 땅이나 한 자리 팔아보잰 완팔아보려고 왔지."

"하이고, 고맙습니다."

엎드려 절하면서 사랑간으로 청하거든. 조금 있다가 밭 가는 소를 얼른 이끌어다가 마당에서 탁 잡아 그놈을 먹이는 거라. 그 시절엔 소가 큰 재산이었지만, 풍수를 위해서는 재산도 마다않고 잡았던 거지. 한 열흘 실컷 먹이니 하루는 날을 보더니,

"오늘 날도 따뜻하고 땅 보러 나가 보주."

하면서 나가서는 일전에 자기네 할머니를 묻으려고 했던 땅, 그 삼대 정승 날 곳을 가리키면서

"여기 허여 봐. 괜찮을 거라."

"아, 그리하겠습니다."

당대에 채구석이가 그때 '진사'進士를 벌었거든. 서울 가서 진사를 따서 와 보니 진사는 아무것도 먹을 거, 해볼 거가 없어. 저 성산城山 들어가는 목에 숭어통양어장 하나밖에 주는 게 없어. 숭

어통에서 무슨 큰 먹고 입을 거 나올 게 있나. 이건 안 되겠다 하고 또 올라가서 진사만은 못하지만 '대정원'대정고을 원님을 벌어 와야 호강도 하고 조금 국물이 있다고 해서 다시 올라가서 대정원을 벌어 왔지.

옛날에는 구산, 묏자리 구하기를 참 심하게 했어. 재산을 팔면서 했으니까. 지관들이 대접한 만큼 땅을 봐주었거든. 짚신 한 벌 해다 주면 그 신 한 벌만큼 땅을 봐주고, 닭 한 마리 잡아 먹이면 닭 한 마리만큼 봐주고, 소 한 마리 잡아 먹이면 소 한 마리만큼 봐줬으니 말이야.

강훈장도 그랬던 거지. 나그네같이 자기 할머니 묘도 닭 한 마리 대접받고서야 그만큼 한 땅을 봐줬으니까. 처음 본 땅이 더 명당이니까 아버지가 좋지 않다고 해도 자기가 고집을 부릴 만도 했는데 말이야. _안덕면 덕수리

3-13. 이씨 후손들이 번성한 이유

옛날에 임씨, 이씨, 지씨 이 세 사람이 같은 배를 타고 육지에서 제주로 들어왔대. 이 사람들의 고향은 어딘지 몰라.

그 세 사람 중에 지첨사池僉使가 땅에 대해선 아주 신안神眼이었다고 해. 저 한경면 고산高山 쪽으로 '신물'이라고 하는 데가 있는데, 그 땅을 봐 가지고 세 사람이 서로 약속하기를 '아무라도 먼저 죽는 사람을 그 땅에 묻자'고 했어. 지씨가 신안이어서 땅을 알아본 거지. 이씨와 임씨는 신안은 아니고 보통사람인데 이씨가 먼저 죽으니까 이씨를 거기 '신물'에 묻었어. 지씨 말대로 한 거지.

그리고 중문하고 회수 양 틈에 석굴왓지명이라는 데가 있는데 거기에 이씨 부인의 묘가 있어. 석씨 묘지. 그런데 여기야말로 붓으로 그리려고 해도 그보다 더 잘 그리진 못할 거라. 여기 지형이 어떻냐 하면 비조하전형飛鳥下田形이야. 즉 나는 새가 밭에 내려 앉은 형태지. 새가 날다가 곡식밭이 보이니까 곡식 주워 먹자고 앉은 모양새라. 바로 붓으로 그린 듯해. 날개 양쪽을 벌리고 입뿌리가 쪼로로하게 곡식밭에 바로 닿은 모양인데, 석씨 묘는 새 몸의 어디냐 하면 왼쪽 눈이라고 할 수 있어. 참 신기한 모양이지.

이처럼 명당에 이씨와 이씨 부인의 묏자리를 쓴 덕분에 지금도 제주에는 이씨 후손들이 번성하게 되었다는 거야. _중문동 대포

4부

힘센 사람들 이야기

4-1. 남편을 지붕 위로 훽훽 던진 여장수

제주시 도평 벵뒤마을 서쪽에 장군내라고 하는 큰 내川가 있어. 거기에 큰 바위가 있는데 장군처럼 아주 단단하지. 또 여자처럼 생겨서 마을 사람들이 그걸 '여장군석'이라고 불렀어.

이 마을 여자들이 참 힘이 셌는데, 장수나 다름 없었다고 해. 힘이 어느 정도 셌냐면 남편들을 번쩍 안아서 지붕 위로 훽훽 던져 버리곤 했을 정도였어. 하루는 도인道人이 지나다 보니 한 남자가 지붕 위에 올라서 있었대.

"당신 뭐허레 지붕 위에 올라가서올라갔어?"

"아, 여기 박 타레 왔수다."

"줄도 없는디 무신 박을 타? 각시가 던져 분 거 아니라?"

"아이구 어떵허연 알암쑤과? 무신 막는 방법이라도 이시카마씸있을까요?"

"있주. 저 장군내에 여장군석만 앗아불면 되주."

그 말에 마을 청년들이 모여들어 장군내로 가서 여장군석을 부숴 버렸어. 그때부터 이 마을에 여장수들이 태어나지 않았다고 해. _제주시 도평

4-2. 천하장사 홍씨 할망

벵뒤마을에 아주 힘 센 홍씨 할망이 있었지. 부부싸움을 하면 남편을 때리고 싶어도 남편이 상할까 염려되어서 때리지 못했어. 대신 멕짚을 가지고 가로씨와 세로날로 그물모양으로 짠 것을, 두석 섬 곡식이 든 멕을 번쩍 들어다가 남편 앞에 탁 놓지. 그러면 남편이 겁에 질려 잠잠해지지.

한 번은 벵뒤마을하고 아래 바닷가 마을 외도의 청년들하고 힘겨루기 시합이 열렸어. 상대편 마을에 있는 큰 돌을 힘센 마을 청년들이 가져가면 그 마을이 이기는 거였지. 벵뒤 카름가름에서 유래한 제주어. 지방이나 마을에서 동서남북으로 지역을 구분 짓는 명사 돌을 외도마을 청년들이 와서 굴려 갔어. 외도마을은 온통 잔치판이었지. 음식들 차려 놓고 춤추면서 막 야단이 났어.

홍씨 할망이 하루는 김치 담그고 장 담그려고 바당에 가서 바닷물을 길어 오다 보니까 외도마을에서 막 왁자지껄 소리가 나는 거라. 무슨 장사치가 왔나 해서 들여다보니까, 자기네 마을 벵뒤 뜸돌이 거기 있거든.

이 할망이 허벅을 등에 진 채로 사람들 헤치고 앞으로 썩 나서면서 말했어.

"비키라. 이거 어떵허연 우리 벵뒤 돌이 여기 와시니?"

그러고는 치마폭을 탁 펴서 톡 하고 그 돌을 치마에 올려 놓고는 벵뒤 동카름에 톡 하고 갖다 놓고 청년들에게 말했어.

"갖다 놓암시매놓았으니 잘 지키라." _제주시 벵뒤마을

4-3. 동생보다 더 힘센 누님

구좌면 씬돌이라고 하는 곳에 장수가 있었어. 성이 부씨라서 부대각이라고 불렀어. 힘 센 사람을 대각이라고 하거든. 부대각의 아버지가 자식을 처음 뱄을 때 소 열 마리를 잡아 아기 어머니에게 먹였다고 해. 그런데 낳아 보니 딸이여. 섭섭했지. 다음에 아이를 가지니 또 딸일까 해서 이번에는 아홉 마리만 먹였다 해. 그랬는데 아들이라. 그 아이가 부대각이야.

동네에 씨름판이 벌어지면 부대각 누이는 여자니까 참여를 못하고 부대각만 나가는데 제주에서는 그 사람을 이길 사람이 없었다고 해. 그러니까 부대각이 씨름판에 갔다 오면 장담을 하는 거야. 제주에서는 자기를 이길 사람이 없다고. 기십담력이 너무 세 가는 거라.

누이가 생각하기를 이거 오래비가 이렇게 하다가는 언젠가는 어느 매에 맞을 거 아닌가 걱정이 되었어. 기십을 좀 눌러야겠다고 생각했지. 그래서 어느 때에 씨름판이 열리니 이 누이가 남자 복장을 하고 가서 씨름에 참여했어.

남매간에 붙었는데 부대각이 누이를 선 자리에서도 옮기지를 못하는 거라. 누이가 훨씬 힘이 셌던 거지. 소 한 마리 더 먹은 게 어디 아니 갔던 모양이야. 씨름판이 끝나고 집에 가서 누이는 일을 했지.

"오래비, 오늘은 어떵하연어찌했어?"

"오늘은 범 닮은 놈이 와서 까딱을 못해십주."

얼굴을 보니까 오래비가 너무 분해서 죽을 상이라.

"어떵한어떠한 말이냐?"

"원 우선 발도 못 띄웁디다."

"그럴 게다. 그러니 당초 그렇게 장담허는 말은 허지 말라. 이만 저만 해서 내가 갔다가 왔다."

그러니 오래비가 마음이 화딱 풀어졌어. 그렇게 부대각보다 누님이 더 세었는데 만약 바꾸어 낳았더라면 그 누님이 생색이 더 났을 거라. _구좌면 씬돌

4-4. 먹어도 먹어도 배고픈 막산이

안덕면에 막산이라고 힘이 센 무사가 있었어. 정훈도와 오찰방이 힘 센 걸로 유명하지만, 아마 이 사람들은 막산이 후의 사람일 거야.

막산이는 '알칩'아랫집이라고 중문의 부잣집 종으로 살았어. 안덕에 군산軍山이라고 하는 산이 있는데 그 산 앞에 있는 큰 논이 바로 알칩네 논이라. 한번은 큰 비가 와서 그만 논이 물에 쓸려가 버리니 다시 제대로 논을 만들려면 일꾼 오십 명은 빌려야 했지. 주인이 막산이한테 일꾼을 빌려 오라고 했어.

군산 앞에 난드르라고 하는 동네가 있는데, 거기 가서 일꾼 오십 명을 빌리고 다음날은 낭갈레죽나무삽을 가지고 논으로 갔지. 점심 때가 되어 계집종이 밧갈쇠에 오십 명 먹을 점심을 싣고 갔는데, 보니까 일꾼들은 없고 마산이는 아무것도 안 하고 논둑을 베개로 삼고 누워서 자고 있는 거라.

"아이고, 누엉 잠꾸나게누워 자는구나. 점심 이거 오십 명 먹을 거 시꺼 오라신디실어서 왔는데 사람은 어디 이서있어?"

"아니, 그 사람들 '오켜, 오켜오겠다 오겠다' 해놓고는 아니 오라부난와 버리니 뭐 할 수 이서? 나만 오라네 일하잰 허단와서 일하려고 하다가 나만이고 하니 누어서누웠지."

"게민그러면 이 점심은 어찌할까?"

"거 갖고 온 걸 어떵어떻게 해? 내버려 뒁두고 가면 나 먹을 만큼 먹다그네먹다가 남은 건 나 시꼉실고 가주 뭐. 기냥그대로 가라."

계집종이 집에 와서 주인한테 그대로 말했거든. 주인이 이상하게 생각했지.

"거 괴약한 놈이로고 거 어떵 허난 경그렇게 허여신고했는고?"

오후 5시나 되어 가니 주인이 의심스러워서 논에 가 보았어. 그 군산 마루에 올라가면 그 논이 훤히 보이거든. 가서 보니 사람도 아무것도 안 보이고 안개만 그저 캄캄해서, 천지분별을 할 수가 없어. 막산이가 그 낭갈레죽으로 흙덩어리를 부숴 가면서 메워진 데 파진 데를 막 평지로 만들어 가는데 그 흙먼지로 군산이 온통 안개 낀 것처럼 뿌옇게 된 거지.

"야, 요거 혼자서도 귀신같이 일을 해염져마는하고 있다만오늘 다 마쳐지카마칠 수 있을까?"

하며 한참 보다가 와 버렸지.

어두워 가니 일을 다했다고 하면서 막산이가 집에 돌아왔어. 주인이 말하길

"게난글쎄, 점심 가져 간 사람이 보니 늬너 혼자만 이서랜있었다고 헨게하던데 점심은 어떵 하고, 일은 어떵 허연디하였어?"

"점심은 저, 그자 조반도 좋지 못하고 해서 먹단 보난 먹어집데다먹다 보니 먹어지더군요."

"일은 어떵 허연디?"

"일도 다 허여수다."

그런데 그날 저녁, 그 '알칩'에서는 오메기 술을 담게 되었어. 옛날에 술을 할 때는 흐린 조차조를 갈아다가 더운 물을 넣어서 되게 반죽을 하고는 고리 모양으로 둥그렇게 떡을 만들었지. 그걸 삶아서 건져 내어 큰 가렛도고리함지박에 식혔어. 더운 때 담으면 술이 죽이 되어서 안 되거든. 식힌 다음에 그걸 항아리에 담고 물과 누룩을 넣고 봉해서 놔두면 술이 되는 거야. 이 집은 부잣집이라 술을 많이 담갔어. 오메기를 댓말치 큰 솥에 계속 삶아 가면서 큰 가렛도고리에 건져서 식혔는데 항아리에 담을까 하다가 어떻게 하는가 보려고 막산이한테 말해 보았어.

"느, 이 술 오메기떡 먹을 수 있으면 먹으라."

그러니까 그 도고리로 하나, 그 떡을 다 먹는 거라. 쉰 명 분의 점심을 낮에 먹었지, 저녁도 먹었지 해서 설마 또 먹을 수 있을

까 했는데 말이야.

다음 날 아침 주인이 말했어.

"야, 난 느 데리고 있기가 힘들다. 우리 집에선 힘들어. 다른 데 가서 얻어먹을 데 있건 얻어먹으라."

그래 다른 큰 부잣집에 가서 거기에서 얻어먹다가 그 집에서도 감당이 안 돼서 내쫓았어.

다시 창천리에 돌아와 살면서 한라산 높은 고지高地에 가서 소 많이 기르는 집 소를 봐주다가 밤엔 높은 나무 위에 가서 텅에나뭇가지 등으로 얽어 만든 보금자리 만들어서 눕고 낮엔 내려와서 소를 잡아먹고 하면서 살았어. 소를 잡을 때는 칼로 잡거나 가죽을 벗기는 게 아니라 그냥 잡고 내리치면 소가 죽어 버렸어. 그러면 굵은 나무를 해다가 불 피워서 걸쳐 가지고 그저 가죽째 고기를 있는 대로만 먹었지.

이러니 소 주인들이 모여들어서 총으로 죽이고 거기 묻어 내버렸다고 해. 그때부터 거기를 '막산이구석'이라고 하는데, 거기가 한림 지경일 게라. _서귀포시 중문동 대포

4-5. 장군 오찰방 이야기

1) 날개 달린 장수

대정고을에서 태어난 오백서는 유명한 장군이지. 고전적高典籍: 조선 중기 현종 때 사람으로 유명한 풍수가의 외손자일 거라. 오백서의 아버지가 일찍 부친을 여의고 홀어머니 밑에서 자랐는데, 옛날부터 공자님도 그렇고 맹자님도 그렇고 훌륭한 사람은 아버지를 일찍 잃어 버리는 경우가 많았던가 봐.

아무튼 오백서의 아버지가 어릴 때 부친의 장례를 치르게 되었는데, 고전적이 제주도에서 제일 신안神眼이라고 해서 찾아가 묏자리를 봐 주십사 청했어. 그런데 난데없이 고전적이 자기 사위가 되면 묏자리를 봐주겠다는 거야.

"이 집의 사위로 들 터이면 날 빌려다 산묘을 보라."

"그것은 저가 결정 못하겠습니다. 어머님이 명령을 내리셔야 할 테니까 못허겠습니다."

"그러면 어머니허고 가서 잘 의논해서 내 집 사위로 들어점직 하거들란들어질 것 같거든 나를 청해 가라."

"예, 그러겠습니다."

집에 와서 어머니와 의논을 했어. 옛날이라 여자들 공부도 안 시키고 해도 제주도 여자들이 참 훌륭한 이가 많았어. 남의 눈치도 잘 알고 글을 못 읽어도 훌륭했지.

"으응, 병신에 피치 못한 거 치워 버리려고 경그리 허염지마느네하고 있지마는 할 수 읎다. 산 빌려서 보려고 허민 헐 수 읎다. 장개 들키옝장가 들겠다고 강가서 고르라말해라."

그래 고전적에게 와서 말했지.

"어머님이 이리저리 말합디다. 하니 장개 들겠습니다."

"응, 그러면 산을 보겠노라."

가서 묏자리를 보더니 말했어.

"유명한 사람이 하나 나겠다."

그 고전적의 딸, 즉 오백서의 어머니는 모자란 여자였어. 아무거라도 맛 좋은 거 주면 잘 먹기만 무진장 먹었지. 시집을 보내지 못하는 딸을 억지로 맡긴 거지. 혼인을 하고 아이를 가지니, 이제 훌륭한 사람이 난다고 했으니 아들인가 싶어서 영양 보충을 시키려고 소를 열 마리를 잡아 먹였어. 한 달에 한 마리씩 잡아 먹인 건데, 낳아 보니 딸인 거라. 섭섭했지만 할 수 없는 일이었지. 다음에 다시 아이를 가지니 이번은 아들인가 하면서도 열 마리를 채우지 못하고 아홉 마리까지 먹였는데, 이번에는 아들을 낳았어. 그 아이가 오백서라.

오백서가 커 가니 점점 무서울 정도로 힘이 세. 단번에 군산軍山에서 산방산으로 뛰고 산방산에서 군산으로 뛰었다고 해. 이 사람이 열댓 살 되었을 무렵 부모 말을 좀 듣지 않아서 아버지가 혼내려고 매를 가지고 쫓았어. 그런데 그날이 비 오는 날이라 아이가 나막신을 신은 채로 달아나는데, 나막신은 걷기가 아주 힘든 신이지. 그런데 산방산 용머리로 달아나는 거라. 그 용머리 끄트러미에 가면 절벽이고 아래는 바로 바당바다이니까 끝까지 쫓아가면 잡아지겠지 하고 아버지는 쫓아갔던 거였어. 그런데 아들이 절벽 아래 바당으로 픽 뛰어 버리는 거라. 아버지는 어이가 없었지.

"허, 귀중헌 자식 죽었구나. 쫓지 말고 내버릴걸."

한탄하면서 집에 와 보니 아들이 먼저 와 있는 거야.

"허, 이상허다. 이 아이는 보통사람이 아니여."

그날 저녁 아들이 잠든 후 옷을 벗겨 가지고 보니, 양겨드랑이에 날개가 참빗만큼 아랑아랑 달려 있는 거라. 이건 분명히 역적이 될 징조였지. 옛날에는 날개가 달리면 임금이라도 될 만한 영웅이 된다고 했거든. 그래서 나라에서는 날개 달린 사람을 죽여 버리고 삼족을 멸하지. 친가, 외가, 처가를 다 죽여 버리는 거야. 그러니 부모가 얼마나 무서웠겠어? 나라가 알기 전에 부모가 먼저 손을 써야 했지. 그래서 부인과 약속을 했어.

"우리가 이 아이를 죽일 수는 없고 날개를 끊어 버립시다."

어떻게 끊을까 하다가 환환주를 먹여서 자르기로 했어. 환환주는 좋은 재료로 술을 만들어서 아홉 번을 솥에서 닦는 건데, 그러면 아주 독한 소주가 되어서 먹으면 바로 취하고 말아. 이 환환주를 먹여 놓고 아들이 깊게 잠든 사이에 그 날개를 잘랐어. 칼을 불에다가 얼랑얼랑 시뻘겋게 구워서 살짝 끊으면 선뜩할 뿐 아픈 줄 모른다고 해. 그렇게 날개를 끊어 버려도 꿈쩍 않고 자다가 깨어 보니 날개가 없는 거야. 아이는 사뭇 통곡을 했지만 일은 벌써 그르쳤으니 할 수가 있나? 그래도 원체 장사로 타고 난 사람이라 날쌨다고 해.

2) 역적을 잡다

그때 마침 나라에 역적이 하나 나타났어. 그 역적은 말을 안 타고 꼭 황소를 타고서 "날 이길 사람이 없다"고 거들먹거리는데, 그냥 놔두면 틀림없이 나라를 뒤집을 사람이었대. 그래서 관가에서는 방을 써 붙였어.

"저놈을 잡는 자가 있으면 큰 벼슬을 주겠노라!"

하지만 아무도 지원하는 사람이 없는 거라. 그때 한 사람이 나서서 말하기를 "제주도에 오백서라는 사람이 날쌔다고 하니, 거기에 한번 편지나 해 보는 것이 어떠하십니까?" 했어.

그렇게 오백서에게 통지가 오니 오백서가 가서 거기서 몇 달 수양하고 훈련해서 역적을 잡기로 했는데, 활을 조준해서 타악 쏘아도 그 사람은 심심하게 내 버리고 넘어가는 거라.

"앗다, 거 날이 비가 오려고 하는가? 파리가 사납다."

활이 날아오는 걸 알아도 어째서 그렇게 태연하냐 하면 활을 탁 맞을 때에 기압술을 쓴 거라. 오백서가 암만 활을 쏘아 봐도 파리 한 마리로 본 거지.

오백서가 두번째 화살을 쏘니까 "헛다, 이거 모기가 또 둘이 와서 문다" 하면서 빰을 탁 붙여 두고선 싸우려고도 안 하고 심상한 거라. 그만큼 자신이 있다 이거지.

한번은 어디 내川에 있는 낭떠러지로 황소 탄 놈이 어글락어글락 가는데, 오백서는 그 좋은 천리마를 타고 쫓았어. 냇가에 가니 소는 얼마든지 걷지만 말은 푹푹 빠지면서 잘 걸어가질 못했어. 그래도 저놈이 죽나 내가 죽나 한 끝을 내겠다고 그놈의 꽁무니를 따랐지.

그런데 가다 보니 어떤 백발 노인이 낭떠러지 위에 우뚝 섰어. '산신이 아닌가?' 해서 먼 데서 말에서 내려 엎드리니, 노인이 말했어.

"소년이라도 요새 소년이 아니라서, 참 기특하다. 제주도에서 왔지?"

"예, 제주도에서 왔습니다."

"기특하다. 저 황소 탄 놈은 심상히 그대로 건너가는데 자네는 소년인데도 말을 내려두고 엎드릴 생각이 어디서 났느냐? 거 참 고맙다."

그러면서 가까이 오라는 거라.

"저놈을 네 힘으론 잡지 못한다. 내가 잡을 능력을 다 말해 주고 힘을 줄 터이니 꼭 그대로 해야 한다."

"예, 그리하겠습니다."

"나는 여기에 있을 거고, 아무데로 어떠어떠한 지형으로 가서 아무 군데에 가면 집이 나타날 거다. 그 지름길로 더 가깝게 그놈보다 먼저 집에 들어가서 문간에 숨었다가 그놈이 황소에서 내릴 때에 그 발 디디는 등자에 발이 걸려 넘어질 터이니, 그때 와싹 달려들어서 갈겨 넘기지 않으면 잡지 못할 것이다."

"예, 그리하겠습니다."

신령이 가르쳐 준 대로 가서 숨어 있다 보니까 얼마 지나지 않아 그놈이 들어오는데, 아닌 게 아니라 황소에서 내리다가 등자에 발이 걸려서 어떻게 피드랑피드랑비틀비틀 하는 판에 갑자기 달려들어서 홱 갈겨 넘겨서 잡았어.

3) 영의정에게 복수하다

오백서가 이렇게 역적을 잡고 서울로 와서 말을 타고 궁궐로 들어가는데 그때 영의정이 말하기를

"어떤 일이 있어도 말을 탄 채로 궁궐에 들어가진 못한다."

하니 그냥 슬쩍 말에서 내려 버렸어. 그런데 임금이 하는 말은 딴판이라.

"내가 도道 관찰사 한 자리는 주려고 했는데 말에서 내려서 걸어오니 아무래도 제주 놈이라 마음이 작은 거 같다."

하면서 겨우 찰방 자리를 주는거라. 여간 애석하고 분하지가 않았단 말이야.

이제 제주로 돌아오게 되었는데, 워낙 날쌔서 하루만 걸어도 제주에 올 사람이 일부러 서울에서 목포까지 여러 날 밤을 자면서 왔지. 목포에 거의 다 와 가지고 한 주막에 들어 잠을 자게 되었는데 그날 밤에 주인과 바둑을 두었어. 거의 열두 시가 되어 가니 바둑판을 벌린 채로 오찰방이 주인에게 말하긴,

"원 승부도 가리지 못하니 바둑판을 이대로 두었다가, 내일

날이 밝거든 다시 두자."

바둑판을 벌린 채로 놔두고 주인은 잠을 자고 오찰방은 잠을 자는 척하다가 서울로 내달아 즉시 그 영의정을 죽여 버렸어. 그래 놓고 반 시간도 못 되어 잤던 주막집에 내려와서 다시 누워 잤지. 다음 날, 영의정이 죽어 있으니 나라에서는 틀림없이 오찰방의 짓이라고 해서 군사를 온 나라에 풀어서 잡으러 다니니 오찰방이 잡혀서 서울로 올라왔지. 오찰방이 말하길

"내가 아무날 밤엔 노독이 나서 걷지 못하여 아무쯤에 가 밤을 자고, 그 뒷날은 아무쯤에 가 밤을 자고, 또 걸어서 마지막 날에는 그 아무 곳에 가 바둑을 두다가 열두 시쯤 되어서 바둑을 마치지 못하고 그냥 둔 채 잠을 잤는데…."

그러니 나라에서도 어찌 할 수가 없거든. 조사를 해보니 오찰방이 말한 게 다 맞는 거라. 오찰방은 계산을 해서 오다가 밤을 자고 오다가 밤을 자고 한 거지. 그렇게 해서 제주에 들어왔다고 해. _ 대정읍 인성

4-8. 천하장사 정훈도 이야기

사계리에 정훈도鄭訓導라는 힘 센 사람이 있었어. '훈도'라고 하는 건 이름이 아니라 직명이야. 이 사람이 힘이 얼마나 셌냐 하면 산방산山房山에 올라서 남방아절구 만들 나무를 금방 해서 만들어 버릴 정도였어. 남방아는 사방에서 여자들이 모여 절구질하는 건데 셋도 하고, 다섯도 하고 여섯도 하지. 그런 큼직한 남방아를 금방 만들어 버리는 거야. 또 나무 가운데 확절구의 아가리로부터 밑바닥까지의 부분을 파야 거기에 돌을 놓아서 사용하게 되는데, 이 사람은 확을 파서 돌까지 놓고는 모자 쓰듯 머리에 이고 내려왔다고 해.

옛날에는 바닷고기를 '덕판배'로 잡았어. 큰 통나무 하나를 홈을 파서 바다에 띄운 건데, 요즘 배와 달리 그때는 통나무 통째로이니 앞도 뒤도 네모지고 넓적하지. 두께도 두껍고. 그래서 이 배는 육지에 올리지를 못하고 항상 바당바다에 띄워 둬야 해.

정훈도가 한번은 몸이 곤해서 고기를 먹고 싶어서 사러 바당에 갔는데 어부들이 잘 팔아 주질 않는 거라. '훈도'라는 게 조금 계급이 낮아. 솔직히 말하면 상놈에 가깝지. 그런데 옛날에는 양반과 상놈 차별이 심했잖아. 그러니까 잘 팔아 주지 않은 거지.

결국 빈손으로 돌아온 그날 저녁 정훈도가 그 물에 띄운 배를 거뜬히 차근차근 주워다가 숨부기밭이라는 밭에 차근차근 놓아 버렸어. 백 명이 들어도 못 들 배를 말이야.

다음날 아침 어부들이 바당에 가 보니까, 배가 모두 숨부기밭에 올라와 있는 거야.

"하, 이런! 이거 원 하늘 귀신이 이러했는가? 이거 무슨 판인지 모르겠다."

가만히 생각해 보니 이런 힘을 쓸 사람은 정훈도밖에 없는 거라. 혹시 고기 안 팔아 준 거 때문이 아닌가 스스로가 찔렸지. 헛일 삼아 가서 말해 보자고 정훈도에게 갔어.

"거, 당신한테 조금 사정할 일이 있어서 오라수다왔습니다."

"무시게라뭣이라?"

"어제 저녁엔 바람도 아니 불고, 아무것도 안 했는디 배들이 모두 숨베기밭 위에 올라 오늘 고기 잡으러 가려고 하니까 배를 절대 옮기지 못해 당신 참 기운이 세다 하니 그것 가그네가서 호썰좀 내려놓아 줍서."

"어떻게 배를 내리란 말이라? 강가서 하여."

"우린 백 명, 아니, 천 명이 들어도 못하쿠다게."

"못하민 말주 뭐, 할 수 있어?"

"아니, 강 하여 보고서 못하건 말아도 강 해 봐줍서. 원, 당신한테나 사정할밖에는 일이 엇수다없습니다."

하고 하도 조르니까

"강 하여 보고 못하민 말주."

정훈도가 배 있는 밭으로 가더니 빈 바가지 던지듯 그저 오굿오굿 들어서 바당물에 던져 버리는 거라. 그후에는 고기 사러 가면 고기 사러 왔다고도 안 하고 멀찍이 앉아만 있어도

"오늘 괴기 사레 옵데가, 훈디훈도?"

"어떵 원 반찬 그리완 괴기 사레 오라서왔지. 저 큼직한 구덕바구니에 괴기 한 짐 메와그네꾸려서 지왕지워 보내 부려. 거 하나 두 개 한 거 텍 아니 맞나."

그렇게 기운이 센 사람이라 오찰방오백서하고 씨름하면 오찰방이 져. 한번은 오찰방이 어디 들에 다니다가 보니까 정훈도라는 사람이 어디 외방外方 가서 집을 한 채 사 가지고 집 기둥에 사용했던 나무를 잘라 지게에 지고 오다가 밭에서 짐진 채로 앉아서 똥을 싸고 있는 거라. 암만 가벼운 짐이라도 짐진 채 똥을 싸는 게 곤란한 일이잖아.

'요놈, 암만 센 놈이지만 짐진 주제에 거 똥을 싸니까니 요놈, 똥만 싸그네 일어상 허릿띠 메잰매려고 할 때라그네 뒤으로 강 꼭 눙들민누르면 제가 항복하주.'

가만히 숨었다가 똥 다 싸고 일어나서 허리띠 매려고 허리를 굽히는 판에 살짝 뒤로 가서 꼭 누르니 허리띠는 매 가면서 오찰방까지 등에 져서 으쑥 일어서는 거야. 오찰방도 당최 당해 볼 수가 없었지. _ 서귀포시 중문동 대포

4-9. 오찬이 이야기

1) 말과 소가 씨가 말랐수다

오찬이라 하는 사람이 있었는데 힘이 말할 수가 없이 셌지. 어떻게 그렇게까지 힘이 세냐고 거짓말이라고 할 정도였어.

옛날에는 집을 지을 때 나무로만 지었잖아. 서까래며 서슬이며 대들포, 소들포, 도리기둥까지. 집 한 채를 짓는 데 나무가 한 이백여 개 든 다고 해. 그 집 한 채 지을 나무를 베어서 그것도 마르지도 않은 날 나무로 등에 지어서 오려면 오죽 무겁겠어. 그런데 오찬이는 그런 걸 너끈히 지는 사람이었지.

하루는 오찬이가 또 집 한 채 지을 분량의 나무를 베서 등에 지고 오다가 똥이 마려운 거라. 그러니 짐을 진 채로 조침앉아서 눴어. 조침앉는다는 건 엉덩이를 땅에 대지 않고 쪼그려 앉는 걸 말해. 집 한 채 지을 분량의 나무를 진 채로 쪼그려 앉아 일을 본 거야.

그런데 뒤에 어떤 사람이 오다가 오찬이가 일어나지 못하게 뒤로 가서 등에 진 나무를 잡고 뒤로 당기면서 넘어졌지. 그래도 오찬이는 끄떡도 않고 똥을 누고는 아무렇지도 않게 일어나서 으상으상'어기적어기적'의 제주 사투리 왔던 사람이야. 그렇게 힘이 셌으니, 먹는 게 적었을 리가 없지

오찬이는 남의 집 다사리였는데, 다사리는 일하다가 싫으면 다른 집에 가서 일할 수가 없고 그 집에 매인 종이었어. "너 나 대신 죽어라" 하면 안 죽을 수가 없는 정도의 처지였지. 다사리로 살다가 흉년이 지니까 그렇게 힘 센 사람이니 먹이는 것도 빠듯하지. 우리 같은 사람은 몇 십여 명 먹는 걸 오찬이는 한끼에 먹으니까 말야. 그렇게 먹는 사람이니 흉년이 드니 먹일 수가 없거든. 그러니까 주인이 종 문서 받은 것을 내줘 버렸지.

"너 이거 가지고 어서 우리 집 밖으로 떠나라. 너를 먹일 수가 없다."

그렇게 나가서 어느 집 종으로 들어가려 해도 데리고 살 사람이 없거든. 그러니까 산에 올라가 바위동굴에서 살았어. 오찬이궤라고 하지. 그땐 거기 말이랑 소랑 겨울이고 여름이고 산에 무척 많은 때지. 마소는 더위에 약해서 견디질 못하니까 여름이 되면 산에 올렸다가 가을이 되면 다시 데려와서 농사짓곤 했어. 그걸 붙잡아서 목이라도 확 비틀면 그냥 소가 팡팡 죽었지. 워낙

힘이 세니까. 그 소를 잡아서 보통사람 손가락만 한 그 손톱으로 북북 찢으면서 그곳에서 삶으면서 먹었다고 해. 이 일대의 마소들도 신평곶에 와서 살렸고, 또 근처 마을 사삼 리 안의 마소들이 다 몰려들어 놓으니 무척 많을 때였지. 그래도 오찬이가 하도 잡아먹어 가니 마소의 씨가 말라 가거든. 그 사람이 소를 잡으면 그저 한 이틀, 사흘 먹으면 그만이거든.

그리하니 대정골 관가에 요새 말로 고소를 한 거야.

"아, 저 오찬이라고 한 놈이 신평지경에 살면서 말과 소를 모두 잡아먹어 버리니 마소 씨가 걸어지쿠다말라 버리겠어요."

"그러면 그놈 잡을 자가 없느냐?"

"좀 사람보통사람 잡을 수가 없습니다."

2) 정훈도도 오찬이는 못 이겨

이제 오찬이를 어찌 잡을꼬 관가에선 걱정이 되었지. 닥밭에 사는 정훈도라는 사람이 힘이 셌는데, 오찬이만큼은 못한 사람이었어. 그래도 정훈도를 보내자는 의견이 분분했지. 관가에서는 정훈도를 불러서 다짐을 받았어.

"거 잡을 수 있느냐?"

"잡으쿠다잡겠습니다. 마을에서 아주 제일 힘 센 사람으로 골라서 한 20여 명만 청병해 줍서."

사람을 청병해 놓고 정훈도가 꾀를 내는데, 하루는 자기만 혼자 오찬이궤에 올랐지. 올라 보니 오찬이는 소를 잡아다가 거기에 아름 찬 나무들이 있으니 그걸 해다가 마구 불질러 놓고 소다리를 거기에 구우면서 먹고 있거든.

밖에서 인기척을 하니,

"거 누게냐?"

"아, 성님."

오찬이가 나이가 위였던 모양이라.

"성님 나 오랏수다왔습니다."

"너 뭘 하레하러 왔느냐?"

"성님 아는 바이."

그래도 직함으로 보든지 뭐로 보든지 정훈도는 별 거 아니라도 양반이고, 오찬이는 완전 종이었으니, 사실 오찬이 보고 형님이라고 할 처지는 아니었어. 그래도 꾀를 쓰려니 양반이라도 낮은 척해야지. 양반이라고 괜히 으스대다 손뿌리로 때려 버리면 죽을 지경이거든.

"성님 아는 바처럼 나도 식량이 보통은 넘는 사람인디 시절이 이래 가지고 죄수가 되어서 살아볼 수가 못 되니 형님과 함께 벗해서 내가 구명도사를 하쿠다하겠습니다. 성님, 어떠합니까? 날 살려줍서."

"참말이냐?"

"아, 참말이우다."

"그러면 들어오라."

소다리 구운 걸 같이 먹고 좀 있다가 정훈도가 말을 했어.

"성님, 나 집에서 박주잔이나 허여 먹던 거 있는디 여기 와 버리면 누가 먹을 사람도 없고 하니 가서 그것 가지고 오쿠다."

오찬이가 그러라고 하니 집에 와서 부인네 보고 술을 만들되 독한 술로, 한 잔 먹어도 창자가 끊어질 정도의 독주로 만들라고 했어. 부인이 양을 얼마나 하느냐고 물었더니 춘두미로 두어 개 해놓으라는 거라. 춘두미는 드럼통 비슷한 건데 곡식 열닷 말, 한 섬 들어가는 큰 항아리야.

술이 익을 때쯤 다시 올 테니 독주로 하라고 해놓고 자기가 먹던 것, 정훈도도 술을 원체 잘 먹는 사람이니 술을 많이 해 놨었거든. 그걸 춘두미로 두어 개 져서 갔지. 그랬더니 오찬이가 그 춘두미로 하나를 한 번에 다 들고 마셨다고 해. 한 섬이나 되는 걸 말이야. 나머지는 정훈도도 좀 먹고 하면서 그 술을 다 먹었어.

며칠 지나서 술이 익을 때가 되니까 집에 가서 또 가져오겠다고 하고선 이번엔 독주를 춘두미에 담아서 지어 왔지. 이번에도 오찬이는 그 독주를 들고 먹었어. 독주를 그렇게 먹어 놓으니까 그제야 비로소 벽에 기대어 눕는 거라. 술 먹고서 막 취하긴 했으나 눈을 삐룽하게 뜨니, 하, 이거 잠이 든 건지 안 든 건지 알 수가 없어. 정훈도가 손가락을 오찬이 눈 앞에서 움직여 보니, 잠이 든 것 같았어.

그래 큰 쇠몽둥이로 죽을 힘을 다해서 오찬이 종아리를 파싹 두드렸지. 그랬더니 오찬이가 벌떡 일어나면서

"야! 너 이 새끼, 무사 경햄시어째서 그리 하고 있느냐?"

하네. 정훈도의 그 기운으로 쇠몽둥이를 갖고 두드려도 움쩍을 안 하는 거지. 정훈도가 이거 안 되겠다 해서 얼른 거짓으로 말했어.

"성님이 기운이 세니깐 얼마나 센가 해서 성님 기운을 알아보려고 했지, 내 진정으로 때렷수까?"

정훈도가 가만히 생각해 보니 아무래도 혼자서는 오찬이를 이기지 못할 것 같거든. 저 밖에 세워둔 청병들을 이용할 수밖에 없겠다고 생각했지. 그래서 먹다 남은 술을 마구 권했어. 그렇지 않아도 술이 막 취한 가운데 다시 첨작하니 이제 오찬이는 완전히 취했지. 그제야 정훈도는 궤 밖으로 나오면서 "오라"고 신호하니 청병들이 왈칵 궤 안으로 모여들어 쇠몽둥이로 두드리기 시작하는데 마구 정신없이 두드려 팼지. 나중에 간 사람들이야

오찬이나 정훈도에 비하면 아무것도 아니지만 그래도 스무 명 남짓한 사람들이 모여들어서 막 패고 또 힘 센 사람이 가세하니 술 취하고 매에 얼먹어 놓고 한 오찬이는 힘이 없어졌지. 이제 총배말의 갈기나 마소의 꼬리털로 드린 참바(밧줄), 쉐왓배마소를 걸려 잡아매어 끄는 데 사용되는 참바 몇 장을 가져 갔다가 그걸로 막 똘똘 꼼짝 못하게끔 묶어 가지고 관가에 바쳤어. 관가에 바치면서 정훈도가 한 말이 이랬대.

"이놈을 지금 당장 죽여 줘야 하지 죽이지 아니하면 나는 살지 못합니다."

"걱정 말라."

3) 오찬이도 관가는 못 이겨

총배로 그렇게 딱 묶어서 감옥에 가두었는데, 글쎄 오찬이가 어떻게 튀어 나왔는지 밤에 감옥 밖으로 나와서 정훈도 사는 데를 찾아갔대.

정훈도는 구들에 누웠는데, 굴묵구들방의 아궁이 및 그 아궁이 바깥 부분으로 가서 벽장 아래를 칼로 튼 후에 그 칼로 막 휘둘렀지. 정훈도도 미리 알아서 안자리 편으로 안 눕고, 저만큼 떨어져서 누웠지.

부스락부스락 소리가 나서 정훈도가 눈을 떠 보니 오찬이가 이만 한 칼을 내밀고 마구 휘두르고 있거든. 그때 벽장 쪽에 누웠으면 틀림없이 죽었을 거야. 정훈도는 벌떡 일어나서 나와서 준비해 둔 쇠방망이로 다시 굴묵에 가서 마구 두드려 팼어.

오찬이는 이미 얼먹어 놓은 후니까 그땐 힘이 없었지. 그 쇠방망이로 막 쳐 두드린 후에 그 밤에 다시 관가에 잡아다 바치면서 말했어.

"사실이 이차지차 해서 잡아왔수다. 이제 나는 죽게 될 터이니까니 어떠합니까?"

관가에서는 이 바람에 사람 죽이는 놈을 불러서 당장에 오찬이를 죽여 버렸지. '오찬이궤, 오찬이궤' 하는 말은 오찬이가 거기서 주로 살았던 때문이래. _대정읍 신평리

4-10. 부대각도 산듸 도적은 못 당해

막산이, 오찰방, 정훈도가 아무리 장사라고 하지만 그 이상 센 사람이 제주도에 또 있었다는 거라. 홍로에 부대각夫大角이라는 이가 있었어. 이름은 모르고 성은 부씨인데 '대각'은 기운 센 사람보고 하는 말이야.

부대각이 나이 많고 늙어 갈 무렵이라. 옛날엔 농사지을 땅이 부족하니깐 산간지대에 태역밭잔디밭을 갈아서 농사지을 땅으로 만들었는데, 부대각이 태역밭을 갈려고 아들과 사위를 보냈대. 밧갈쉐밭 가는 소 두 마리를 몰고 갔는데, 저물어서 돌아올 때 보니까 쟁기 두 개를 소 한 마리에 싣고 오는 거라. 그러니 부대각이 물었지.

"아, 거 어째서 쟁기 두 개를 쉐소 하나에 실코 오느냐? 쉐 하나는 어쨌느냐?"

아들과 사위가 얼른 대답을 못해.

"말해라. 어째서 그랬나?"

"쉐가 죽어 부런마씀죽어 버렸습니다."

"쉐가 죽다니 어째서 죽었느냐?"

"점심 먹고 조금 쉬다가 쉐를 묶어 가지고 '잣담 넹길레기넘기기'를 하는데 쉐가 담 아래로 떨어져 그만 다쳐서 죽었습니다."

'잣담'이 뭐냐 하면 옛날 조선시대엔 국마國馬, 그러니까 나라의 말을 제주에서 기를 때 성처럼 담을 쌓아서 그 안에 가두어서 길렀어. 그 성을 쌓은 담을 바로 '잣담'이라고 해. 근데 부대각의 태역밭이 이 잣담 밑에 있었던 거라.

부대각 아들과 사위가 소 한 마리의 사지四肢를 묶고 요새 아이들 공 차듯이 한 사람은 잣담 위에 서고 한 사람은 아래 태역밭에 서서 소를 위로 찼다 아래로 찼다 했단 말이지. 소로 공놀이 한 거야. 그러다가 소가 다쳐서 죽었다는 말이라.

기왕 이렇게 된 거 부대각은 아들과 사위에게 잘했다, 못했다 시비하지도 않고 백정을 불러다가 잡아 먹었어. 먹고 나서 아들을 불렀어.

"너 이리 와."

"어찌 부릅니까?"

부대각이 잇돌 위에 가서 창신가죽신 신은 채로 조침앉았어. 털썩 앉지를 않고 엉덩이를 땅에서 띄우고 웅크려 앉았던 거지. 그

러고선 아들 보고,

"나 홀목손목을 심어서잡아서 나를 일으켜 보라."

아, 그러니까 부모 명령이라 아니 할 수도 없고 가서 홀목을 잡아 가지고 종끗종끗 당겼지만 부대각은 꿈쩍도 안 하는 거라. 부대각이 힘세다고 해도 조침앉았으니까 일으키기가 쉬울 텐데도 말이여.

"왜 제대로 힘을 안 쓰는 거냐? 애비가 하라는 대로 해야지."

진정으로 힘을 안 낸다고 책망하니까 다음은 양쪽 발로 버텨서서 양손으로 죽자 사자 당겨도 조침앉은 어른이 일어서기는 고사하고 꼼짝도 안 하는 거라.

"못하겠습니다."

"어, 그래. 너 사위 이래 와."

사위도 죽자고 당겨도 꼼짝도 안 해. 그러니 이제부터 아들과 사위에게 책망을 허는 거라.

"너희들 쉐 묶어서 잣담 넹길레기를 했다고? 힘자랑이냐? 이따위 힘으로 그런 짓 허다가 남한테 맞아 죽어. 나도 젊을 때 주먹심깨나 있다 해도 내 그런 짓은 안 한 사람이라. 조심해야지."

이런 일이 있었던 전인지 후인지 모르되 산듸조도(旱稻): 올벼라는 곡식, 그러니까 논이 아니고 밭에서 나는 벼를 큰 밭에 갈았어. 가을이 되니까 베기는 했는데, 채 묶지는 못한 때였대. 부대각이 밤에 산듸밭을 지켰어. 밤에 누가 훔쳐 갈까 해서지. 초승달인지 그믐달인지 어스레한 밤인데 밭 담 안으로 '퉁' 하고 뛰어드는 사람이 있어.

'아, 이거 도적놈이 오는가? 이 밭 가운데 있으면 잘 모를 테니까니 어디 가서 숨어 가지고 이놈 하는 행동이나 보자' 하는 생각으로 웃밭에 가서 숨었어.

숨어서 보니 이 사람이 밭 가운데에 와서, 어스름한 달밤이니 무엇인진 모르겠는데 동쪽으로도 무엇을 던지고 서쪽으로도 무엇을 던지고 동서남북으로 자꾸 무엇을 던져. 워낙 큰 밭이고 으스름한 밤이니 무엇인지를 모르겠어.

아, 그렇게 던져 놓고 산듸를 묶지 않고 그저 그러모아서는 낟가리낟알이 붙은 곡식을 그대로 쌓은 더미를 만들어요. 그 큰 밭의 산듸를 한 줌도 안 남기고 모두 거둬다가 낟가리를 만드는 거라. 보니까 그 던진 것은 무엇인고 하니 배 닻이야. 바다에 가서 배에 다는 닻을 많이 져 와 가지고 그것을 쫙 편 다음 그 가운데에 산듸를 모아다 놓고 낟가리를 만든 거였어. 그래 놓고 동서남북으로 던진 끄트머리로 묶은 거야.

그래 놓고 이제 그것을 등에 지려고 하는 모양이여. 막 져서 일어서려고 할 때 부대각이 그 도적 등짝 편으로 조용히 가서 쑥 눌렀거든. 그러면 보통 자빠지거나 할 거 아니겠어. 그런데 이 도적은 '끙' 하고 누른 사람까지 같이 져 가지고 쓱 일어나는 거라. 부대각은 산듸짐에 매달려 가다가 살짝 떨어져 버렸어.

'이 자한테 덤비다가는 내 목숨이 남지 아니허겠다. 하, 요것이 어딧 놈인고?'

산중으로 올라서 보니 저 서북쪽으로 가거든.

'허, 요거 서목안 놈이로구나!"

서목안이라는건 제주목의 서쪽이라는 거야. 한림하고 한경면을 말하는 거지.

방향만 알고 그만 돌아와 버렸어. 따라가 봤자 잘못하다가 제가 죽지 살 수가 없거든. 산듸 잃어버린 걸 동네가 다 알았지만 일절 아무 말도 안 했어. _서귀포 중문동 대포

4-11. 산듸 도적, 해적을 물리치다

가을에 산듸를 그렇게 잃고 다음해 봄에 보리가 익자마자 어떤 사람이 부대각에게 와서 인사를 드렸어.

"이거 부아무 댁, 선생님 댁입네까?"

"예, 그렇소."

"당신이 주인이요?"

"내가 주인이요."

"나는 저 서목안 협재 사람이라."

그 산듸 훔쳐 간 도둑 놈이 온 거라.

"당신네 작년에 무엇을 잃어버린 일이나 있습니까?"

"없소."

"그래도 뭐 실물한 일이 있다는디?"

"없소."

"뭐 곡식 같은 거 잃어 버리지 안 했소?"

"예. 곡식은 산듸 한 밭을 갈아서 베어 놓아두니 누가 와서 가져 가 부려십쥐."

"거 내가 져 갔수다. 나는 어떤 사람인고 하니 협재 사는 사람인데 큰 배를 지어 가지고 육지 가서 쌀을 사다가 민간에 배급하는 사람이오."

쌀장사를 한다는 말이지.

"쌀을 사러 육지에 가려고 큰 배를 짓기 시작해서 일을 해가는데 양식이 부족해서 일을 마치지 못하게 되었소. 아, 우리 부근에서 양식을 어디 구해 보자고 하되 구할 디가 없고, 소문 들으니 선생네가 산듸를 큰 밭에 갈았다 하길래 무조건 와서 내가 져 갔습니다. 그 배를 다 져 가지고 육지 가서 쌀을 한 배 실어 왔소. 나는 산듸를 대 있는 채로 한 짐 져 왔지만 당신일랑 와서 쌀로 한 짐 지어 가소."

그러니 부대각은 가서 쌀을 져 왔지.

이 산듸 훔쳐 갔던 사람이 한번은 육지 가서 쌀을 사서 잔뜩 싣고 제주로 오는데 대해大海 바당에 막 오니까 해적을 만났대. 쌀장사 배는 아주 크지. 옛날엔 배를 길쭉하게 짓는 게 아니라 넓적하게 지었어. 널판자 두께도 두껍고, 돛은 초석을 짜서 달았지. 그런데 해적들 배는 빠르긴 해도 작아. 그 자그마한 배가 쪼르르하게 와 가지고

"당신네 실어 가는 거 뭐요?"

"쌀이오."

"아, 우리는 양식이 없는디 돈 없으니 사도 못하오. 쌀을 조금 줘 두고 가오."

도적이거든. 엉터리로 달라 이 말이지.

"그러시오. 그러면 이리 가까이 오라."

해적 배가 오니까,

"닻 한 끝을 이리 날리라. 우리 배에 잡아 매겠다. 그래야 쌀을 날라 갈 거 아니냐?"

해적들이 닻을 던지니까 큰 배에 잡아 묶었어. 그런 다음엔 원칙은 '조판'을 놓아야 하는 건데, 조판이라는 건 배와 배 사이에 놓는 널빤지야. 그래야 그걸 밟아서 쌀을 옮길 거 아니겠어. 해적들이 조판을 양 배 틈에 놓자고 하니까 제주 쌀장수는

"아, 거 조판일랑 놓지 말라."

"어째 그렇소?"

"어, 내가 쌀을 날라 줄 테니까 받으라. 조판을 안 놔도 좋다."

배가 아무리 가까와도 조판을 아니 놓으면 안 되거든. 배가 서로 부딪쳐서 부서지니까.

그런데 이 쌀장사는 조판도 안 놓은 채로 "받으시오, 받으시오" 하면서 쌀가마니를 양 손도 아닌 한 손으로 획획 작은 배로

던지는 거라. 작벽자갈을 벽처럼 쌓아 올린 돌무더기 위로 자갈 던지듯이 말이여.

큰배에 쌀이 많았을 거 아니겠어. 그걸 자꾸 작은 배에 옮겨가니 작은 배가 가라앉는 거지. 그러니 그만 해적들이 혼비백산해서 "그만 하소. 그만 하소" 하며 죽을 판이었어. 닻을 큰 배에 묶었으니 도망가지도 못하고 그만 실으라고 사정하는 거라.

"왜요? 이게 어떤 쌀인고 하니 내가 육지 가서 쌀을 샀는디, 그 쌀 사는 돈을 고향에서 선금 다 받고 왔다. 가면 그 돈에 맞춰 가지고 배급을 할 텐데 아, 이거 조금만 가져 버릴 거 같으면 그 금액에 맞지 못하니까 고향에 가서 '나도 달라, 나도 달라' 하면 누구는 주고 누구는 말 것이요. 당신들 다 갖다 먹어 버리라. 그래야 난 다시 육지 나가서 한 배 다시 사고 가야 내 책임을 벗을 테니 다 갖다 먹으라."

그러면서 다시

"받으시오. 받으시오."

마구 던져간다 말이여.

"아구. 살려 줍서."

"왜? 쌀 먹으면 죽어?"

"아이고 살려 줍서."

"그러면 가져 갈래, 안 가져 갈래?"

"예. 가져 가지 안 하겠습니다."

"그러면 쌀 옮기라."

안 가져 가겠다고 허니까 조판을 놓아 주었지. 그놈들은 한 가마니 매여서 조판 밟아오는 것도 발발발 떨면서 겨우 옮기는 거라. 쌀장사가 욕하기를,

"너 따위 것덜이 이런 짓을 하레 뎅겨? 쌀 한 가마니 버치는버거운 놈들이 뭐이냐?"

고 욕질을 하고는 쌀 십여 가마니를 내주면서

"이걸로 임시 식량이나 하고 다시 그런 짓 하지 말아."

했다는군. _서귀포 중문동 대포

4-12. 한연 한배 임재의 배다

김녕 거욱대우영김녕리의 한 지명에 한씨의 묘가 있었지. 거기 묘를 쓴 후에는 밤이면 그 묘에서 군사들이 나와서 군악기 치면서 그 동네에 자꾸 불을 질러 버려. 동네 사람들이 아니 되겠다 해서 돌무더기를 쌓아 가지고 그 위에다 나무때기를 사람 모양으로 만들어 가지고 '악장군지묘'惡將軍之墓라 새겨서 묘 앞에 세워 놓았지. 괜찮다가 나무가 썩어 가니 또 그 지랄을 하는 거라. 이번엔 돌로 세웠더니 없어졌대.

그로부터 얼마 안 지나 이 김녕 한씨 집안에 사내아이가 태어났는데, 태어나고 몇 달쯤 된 때였지. 아기 구덕바구니의 제주 사투리에 눕혀 두고 그 어머니가 물질을 가거나 어디 갔다 와 보면 아기가 자주 돌아누워 있는 거야. 마치 바깥에 있다가 급히 들어가서 누운 것처럼 말이지. 이상하다고 생각해서 어머니는 한번은 나가는 척하면서 엿보았지. 그러니까 방 안에서 아기가 날아다니다가 사람 기척이 나면 구덕에 톡 들어와서 눕는단 말이지.

"거 이상스럽다. 묘한 일이다."

하여 수족을 더듬어 보니 겨드랑이 밑에 요만큼 한 날개가 나왔어. 가만히 내버려 두었으면 영웅이 되든지 장수가 되든지 했을 텐데 그때는 힘센 사람이라 하면 삼족을 멸해 버릴 때라. 역적이 난다고. 그래서 숟가락을 불에 달궈서 양 날개를 지져 버렸어. 결국 아이가 크게 출세는 못했는데, 그래도 힘은 장사였지.

김녕은 해촌이라 이 마을 사람들은 배를 많이 부렸는데, 이 아이도 커서 배를 부렸어. 이 집 배가 커서 사람들은 이 청년을 '한연 한배큰 배 임재임자'라고 불렀어. 옛날에는 상고선商賈船: 상품을 싣고 다니는 그리 크지 않은 배들이 환상미還上米라 해 가지고 인천으로 해서 서울까지 가서 곡식을 바쳤지. 올 때는 곡식을 또 실어서 오고.

그때 해적 배들도 있었어. 여기 배들은 앞에 나무를 가로 놓아서 만든 것이고 도둑 배들은 크지는 않아도 빠르게 만들었지. 대창竹槍도 싣고 다니면서 위협했어. '한연 한배 임재'가 탄 배가 진도 울돌목에 가기 전에 해적을 만났어. 해적들은 배를 가까이 대 놓고 외쳤어.

"닻 놓고 배 놓아라. 거 누구네 배냐?"

"김녕 한연 한배 임재의 배다."

"무엇을 싣고 오느냐?"

"곡식을 싣고 온다."

"그것을 우리 배로 옮기라."

한연 한배 임재의 배에는 곡식 스물닷 말씩을 멱서리에 담아서 그런 멱서리가 배에 가득했지. 한연 한배 임재가 그것들을 번쩍번쩍 들어서 돌멩이 던지듯이 해적 배에 핑핑 던지는 거라. 해적 배는 조그만 배니 가랑잎 흔들리듯이 흔들흔들했지. 그러다 침몰할 지경이니 항복을 하는 거야.

"목숨만 살려줍서."

"그러면 우리 배로 올라오라. 올라오면 살려 준다."

올라오니 이제는 밧줄로 그놈들을 똑똑 묶어 가지고 서울까지 올라가서 관가에 바쳤지. 그후에는 해적을 만나서 "어딧 배요?" 하면 김녕 배가 아니라도 "김녕 배다" 하면 '한연 한배 임재'가 탔는가 하여 가지고 도망했단 말이지. _구좌면 김녕

4-13. 한효종 이야기

1) 소를 양 어깨에 하나씩

강정에 '한초관'이라는 이가 있었지. 초관哨官은 높은 벼슬은 아니지만 부자로 살았는데, 밭 가는 소를 두 마리 길렀어.

강정에 '캐안'이라고 하는 땅이 있는데, 강정동네를 포함해서 법환리 바당바다까지 쭉허게 뻗어간 땅이라, 참 좋은 땅이었어. 곡식이 좋고, 평평하고, 안에는 담이 없어. 시둑으로 해. 시둑이라는 건 남의 밭 내 밭 경계를 가를 때 담을 쌓지 않고 돌을 박든지 흙을 쌓는 거지.

옛날에는 좋은 밭이나 나쁜 밭이나 한 해 농사를 지으면 한 해는 놀렸어. 그러면 가운데 밭이 놀 때는 그 밭에 사람은 갈 수 있지만 마소는 갈 수 없지. 시둑이 마소가 다닐 만큼은 넓지 못하니깐. 그렇다고 다른 밭을 밟으면 곡식이 다 상할 테니까 마소는 갈 수가 없는 거야. 놀리는 밭이니까 여름에 풀이 좋아서 마소를 먹이기에 좋지만 들어갈 수가 없으니 보통 그냥 내버려 두는데, 그런데 한효종은 소를 어떻게 끌고 갔는지 가운데 밭에서 소를 먹이는 거라.

사방의 밭 임자들이 보기에 한효종이 고약하다 말이야. 근데 또 이상한 것은 소를 끌고 가는 걸 보지도 못한 거라. '어떻게 가운데로 소를 그렇게 멀리 끌어갔나?' 또 보리밭을 밟아 간 흔적도 없고. 아마도 이 한효종이 불량한 짓을 해서 그렇게 하지 않나 싶어 한번은 밭 임자들이 모여서 약속을 했어.

"밤에 갔는지 낮에 갔는지 모르지만 어쨌든 끌고 간 건 사실 아니냐, 잘못 허다간 다음에라도 우리 보리를 모두 밟아 버릴 수도 있다. 지켰다가 한효종이 소를 끌고 오거들랑 암만 제가 기운이 세다 허지만은 우리가 수십 명 모여들면 문제 없다. 눌러 놓아서 죽지 안 헐 만큼만 태작하자."

또 가만히 연구해 보니까 '소를 거기 끌고 가는 건 어느 시간에 가는지 모르지만 여름 소니까 물을 먹일 거 아니냐. 물을 제가 지어다 먹이는가? 소를 끌어다가 물가에 가서 먹이는가? 우리가 엿보자' 해서 수십 명이 사방으로 포위하고 지켰지.

아닌 게 아니라 낮이 느지막해져 가니까 소 있는 쪽으로 한효종이 으쌍으쌍 들어가는 거라.

"어, 감쩌가고 있네, 감쩌, 이제 감쩌. 이제 어떻게 헐 건고?"

강정 캐안이 나무도 하나 없고 바위도 하나 없고 평평하니 어디 사람이 숨을 데가 없어서 먼 데서 앉아 가지고 지켜본 거라.

한효종이 소 있는 쪽으로 가더니 쇠말뚝을 빼 가지고 풀풀 줄을 개어 둔 다음에 소 곁으로 가더니 소의 양 뿔을 잡고 확 잡아후리니깐, 소가 벌러덩 넘어져. 그러니까 무릎으로 소를 꼭 눌러두고서 사족을 탄탄하게 그 줄로 묶는 거라. 한 마리를 그렇게 사지를 묶어 두고 또 다른 소도 그렇게 묶어.

"괴기고기 그리우난먹고 싶어서 잡아 먹으려 하고 있네."

"경그렇지 아니하민않으면 무사왜 쉴소를 저렇게 묶겠느냐?"

사람들은 이렇게 생각하고 있는데, 소 두 놈을 다 묶더니 한효종이 양쪽 어깨죽지에 하나씩 메어 가지고 그 시둑으로 으상으상느릿느릿 걷는 모양 물 있는 쪽으로 나가는 거야. 그러니 지켜보던 사람들은 다 도망가 버렸지. '괜히 손붙였다가 우리가 때리기는 고사허고 저 기운에 한 번만 우릴 잡으민 우린 다 으스러져 버린다' 해서.

2) 잡아야 죄를 주지

한효종이 한번은 대정고을 원님한테 죄를 얻은 일이 있었어. 대정 원님이 사령을 보내어서 잡아오라고 하니 못 가겠다고 버티는 거라.

"무사 못 가쿠과? 대정 원님이 심어오랜잡아오라고 햄쑤다."

"못 가키여."

사령이 사람 잡으러 가면 으레 법이 손을 뒤로 묶어서 결박해 가야 하지. 배짱을 안 부려도 묶는 법인데 '못 가키여. 못 가키여' 자꾸 배짱 부리니 꼭 묶어 보려고 했지.

"이리로 영이렇게 손 놔."

"못허키여."

못하겠다고 하니 팔을 이렇게 잡아 보려고 하지만 당길 수가 있나. 처음에는 그렇게 힘이 센 줄 몰랐다가 안 되니까 그냥 가 버렸어.

원님이 왜 안 잡아왔느냐고 야단치니

"하이고! 가서 보니 영 정이렇고 저렇고 해연해서 절대 심어오지잡아오지 못헙디다."

"야, 그놈 세고, 험한 놈인가 보다."

이번엔 사령 중에 힘이 세고 빠른 놈으로 둘을 보냈어.

"너희들 둘이 가서 저 강정 한효종이를 심어오라. 첫닭 울면 가야지 여기서 늦게 출발했다가 날 밝아서 어디 가 버리면 심지잡지 못한다."

첫닭이 울어서 강정을 달려와서 보니 한효종이가 있어.

"소인 인사 드립니다."

"너 뉘냐?"

사령들이 쓰는 모자 뒤쪽에는 말총에 붉은 물 들인 걸 달아 매는데, 누군지 모를 리가 있겠어. 알면서도 일부러 그런 거지.

"너 뉘냐?"

"대정골 사령입니다."

"저 뒤에 건 누게냐?"

"나와 같이 온 사람이우다."

"어. 이번은 둘이 왔구나. 이번은 가는 게로고. 둘씩 오고."

그러더니 부인네 보고,

"거 조반밥 잘해여. 반찬 잘 차리고 술도 잘 차려서 이 사람들 잘 멕여사먹여야 날 괴양곱게 데리고 가매. 나도 잘 먹고."

조반 먹은 후에 한효종이

"가게."

하니까 사령들이 결박해 보려고 더듬 머뭇, 더듬 더뭇해 가니

"느네덜너희들 날 묶으잰묶으려고 헴다하느냐?"

"예."

"묶지 말라. 나 어디 달아나지 않고 느네덜 앞에 가크메가겠으니 날 묶지 말라."

고들고들 앞에 서서 걷는 거라. 그렇게 천제연天帝淵 빌렛길땅

에 박힌 바윗돌 위로 난 길에 오니까 그 천제연 물가로 으상으상 가는 거라. 사령들은 뒤에 섰다가

"무사 그레 감쑤과?"

"오늘 너네덜 빨리 와서 시간이 그리 급하지 아니한가 보다. 이리 가서 소沼 구경하고 담배나 한 대 피왕피워서 가키여가겠다. 느네덜도 오라."

사령들은 달아날까 싶어서 한효종의 옆으로 가서 오똑오똑 앉았어. 큼직헌 통에 담배 담아서 푹싹푹싹 피우다가 통을 툭툭 털고서 허리에 꾹 찔러 두고, 좌우측 두 놈의 목덜미를 폭 움켜쥔 후에는 천제연 못가에 가서 곧 밀어 버릴 듯이 하는 거라. 바로 아래는 절벽이지.

"느네 날 심엉잡고 가겠느냐?"

"하이고, 놔 줍서."

"아니다. 나 대정 현감한테 가서 매 맞고, 욕 듣고 하느니 이디서 죽어 불키여버리겠다. 나만 죽을 게 아니고, 느네만 죽을 게 아니라 우리 셋이 홈치한꺼번에 죽어 부러사 시원하지 않느냐? 느네도 나 아니 잡아 가면 욕 듣고 할 거니깐."

두 놈 목덜미를 잡고 벼랑에 서서 곧 떨어뜨릴 듯이 하니까,

"아이고 살려 줍서. 아이고 살려 줍서."

"아니여 나 죽어 불켜."

다시 또 떨어뜨릴 듯하니

"아이고, 살려 줍서."

"놓으면 심엉 가잰 허컬할 것인데?"

"아녀쿠다. 아녀쿠다."

풀어 놓으니 그냥 서쪽으로 막 달아나 버려. 사령들이 가서 여차여차하여 겨우 살아왔다고 말하니까 원님도

"그놈 험한 놈이여. 내버려두라."

절대 잡아오지 못했다고 해. _서귀포 중문동 대포

4-14. 건공장군 이야기

1) 건공장군과 천리마

건공장군은 나주 김씨로 제주시 월평동 가시나물에서 태어났어. 어릴 때부터 소년장사로 소문이 자자했지. 커 가면서 마소를 먹이러 들판을 돌아다닐 때도 남달랐어. 얼마나 힘이 셌는지 풀밭을 걸을 때는 발자국이 패이게 걷고, 얼마나 몸이 재빨랐는지 나막신을 신고 펄에 다닐 때는 신발 자국도 안 생기게 걸었지.

건공이 탔던 말이 밖으로 나갔어. 말이 아주 크고 날쌔서 아무도 붙잡아 둘 수 없었어. 밤에는 곡식밭에 들어가서 곡식을 무진장 먹어 버렸는데, 사람들이 말을 밭에서 내몰려고 했지만 닥치는 대로 물어 버려서 오히려 사람들이 죽곤 했지.

이때 서양의 법국프랑스 사람들이 쳐들어 왔어. 제주도 군사는 이들을 막아 낼 수가 없었지. 무기가 활이나 칼밖에 없었는데, 법국 병사들은 총을 가지고 팡팡 쏘아 대니 당할 수가 있나. 사또도 무서워서 싸우기는커녕, 마루 밑에 숨어 있는 형편이었지.

건공이 가만히 앉아서 생각해 보니 이래선 안 되겠다 싶었던 거라. 배운 것도 없고 무기도 없지만 날랜 말만 있다면 한 번 나서 볼 만하다 싶었지. 이때 한라산 기슭에 대단한 말이 하나 있다는 소문이 돌았어. 얼마나 크고 날쌘지 아무도 재갈을 물릴 수가 없다는 거야. 먹는 것도 대단해서 한 번 곡식밭에 들어가서 먹기 시작하면 무진장 먹어치우고. 사람들이 몰라 봐서 그렇지 이런 말은 사실은 천리마라. 천리마는 한 번에 곡식 한 섬은 먹어야 힘을 쓰거든.

말만 그러겠어? 사람도 마찬가지지. 아무리 힘센 장수도 밥을 먹어야 힘을 쓰는 거지. 건공은 원래 식량이 단단한 사람이라. 한 끼에 한 말약 18ml이나 되는 밥도 먹을 수 있었지. 그런데 어머니는 가난해서 그런 밥을 해본 적이 없으니 알 수가 없었지. 건공이 어머니에게 이렇게 말했어.

"어머님, 이때까지 배부른 밥을 못 먹어 봤쑤다. 밥 한번 실컷 먹게 허여 줍써."

"쌀을 몇 말 놔서 허민 되크냐하면 되겠니?"

"한 말만 놔서 삶아 주십써."

"경허주그리하마. 게므로사아무렴 배부른 밥을 한 번이야 못 멕이크냐먹이겠니?"

한 말 가득 밥을 해서 큰 함지박에 퍼 주었지. 건공은 다 먹어 치우고 집을 나섰어.

말 고삐 하나, 안장 하나 가지고 한라산으로 천리마를 찾아갔지. 딱 마주치니 말이 큰 소리로 울면서 물려고 대드는 거라. 근데 자세히 보니 옛날 자기가 기르던 말이었어. 건공은 큰 주먹으로 말 굴레산이말의 입주위를 냅따 쥐어박았지.

"이놈, 임자도 모르고 어딜 대드느냐?"

이제야 이 말이 건공의 가슴이랑 팔이랑 킁킁킁킁 냄새 맡더니 가만히 있어. 주인을 알아본 거지. 안장을 탁탁 지우고 재갈을 물려서 탁 올라타니 한라산을 옆으로 뛰었다 뒤로 뛰었다 허는 거여. 공중을 나는 듯이 뛰고 무수천 같은 내도 거뜬히 뛰어넘는 거여. 건공장군과 천리마가 만나 뜻을 펴게 된 것이지.

2) 외국 군사들을 물리치다

그런데 옛날에는 아무리 나라가 위중하여도 사또의 명령을 받아야 싸우러 나갈 수 있었거든. 건공장군은 천리마를 의젓하게 타고 성 안으로 사또를 찾아갔어.

"사또님!"

마루 밑에 숨어 있던 사또는 겁나서 대답을 못했지.

"아, 사또님, 겁내지 마십써. 저는 가시나물 사는 김 아무개입니다."

"아 그러냐? 어찌 해서 찾아 왔느냐?"

"제가 적병들을 혼내 주겠습니다."

"네가 무슨 힘으로 적병을 혼내겠느냐? 그놈들은 총을 마구 쏘아 대고 있는데."

"저 혼자 힘으로 해 보겠습니다. 허가만 내어 주십서."

"좋다, 해 보아라."

무기가 어디 있었겠어? 가는 길에 쇠몽둥이 하나 줍고 큼지막한 푸대자루 하나 갖고 나섰지. 그때 마침 날씨가 궂어서 신샛바람동북풍이 불고 비가 와서 엄청 추웠어. 적병들의 막사가 다 찢어지고 난리였지. 거기에 느닷없이 건공장군이 천리마를 타고 들이닥친 거야. 쇠몽둥이를 휘두르면서 냅따 타작하듯이 두드려 대니 적병들은 총 한 번 못 들어 봤지. 총을 들 새도 없이 닥치는 대로 두드려 팬 거야. 그러면서 동시에 한쪽 귀를 휙휙 빼내어 푸대포대에 담고 담았어.

사또를 찾아가서 푸대 자루를 내려 놓았지.

"이게 무엇이냐?"

"제가 천여 명쯤 죽였습니다."

"혼자 이렇게 큰 일을 하고 귀 한 짝씩을 빼왔단 말이냐? 너는 사람이냐 천신이냐?"

사또가 나라에 공을 알려 '건공'이라는 벼슬이 내려왔고 조선 팔도 『명현록』에도 건공장군 이름이 올라갔어.

그런데 그때 적병들 중에 날랜 놈이 둘이 있었는데 하나는 잡아 죽이고 한 놈은 끝내 못 잡았지. 건공장군은 그게 걱정이었어. 건공장군은 그놈이 병사들을 이끌고 복수하러 올까 봐 그걸 염려했지. 그 한 놈을 잡지 못한 것을 근심하다가 마흔 살쯤에 돌아가셨는데, 자손들에게 유언을 남겼어.

"언젠가는 그 한 놈이 다시 돌아와 제주도를 어지럽힐 것이다. 내 묘에 비석을 세우지 말라."

그래도 자손들은 비석을 세웠지. 그렇게 대단한 장군 묘에 비석 하나 없으면 되겠어? 건공장군이 탔던 천리마는 장군이 돌아가신 후에 종적을 몰라. 아마 한라산으로 갔을 테지. _노형동 광평

5부

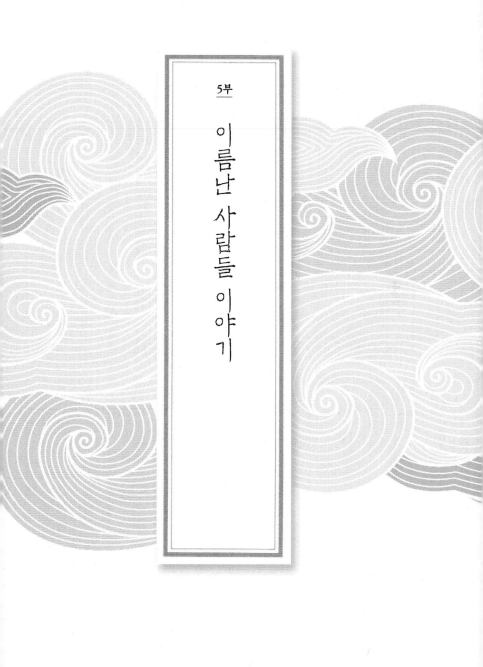

이름난 사람들 이야기

5-1. 제주의 세 명인

제주에 세 명인이 있었지. 월계 진좌수하고, 문곡성하고, 고전적이 세 사람이지. 월계 진좌수는 의술, 문곡성은 점술, 또 고전적은 지리로 이름 난 이들인데, 다 한 세대에 난 사람들이지.

세 사람이 하루는 육지의 대감집을 방문했지. 명인이 오니까 대감이 대접을 잘 해서 먹이고는 진좌수에게 물었어.

"자넨 무엇을 해서 사는가?"

"『동의보감』 장이나 보아 댕겼습니다."

"그럴 테지."

그 다음 고전적한테

"자넨 뭐 했는가?"

"지리서地理書 장이나 보아 댕겼습니다."

"그럴 테지."

문곡성보고는,

"자넨 뭐 했는가?"

"뭐이며 말며 그저 복술卜術이나 좀 했습니다."

"그럴 게라."

다음날은 고전적을 데리고 이 대감이 자기가 봐 두었던 명당 자리에 갔는데, 그 자리에 가만히 앉아 있으면서

"여기 어디 묘墓 한 자리 볼 데가 없을까?"

"무사 어서마씀왜 없겠습니까, 이실 텝주있을 테지요."

"어느쯤에 할 만한고?"

"대감님 앉은 데가 그만하면 쓸 만하우다."

"그래. 너 밥 얻어먹어 살겠다."

그 대감의 며느리가 큰 병이 났는데 진좌수를 시험해 보려고 며느리한테 말했어.

"이만저만한 명의가 오니깐 진맥 한번 해보자."

근데 그 며느리가 아니 하겠다는 거라.

"죽으면 죽었지 어찌 남자에게 혈맥을 짚게 합니까?"

그러니 며느리에게는 다시 권하지 못하고 월계 진좌수보고

"사람을 진맥하지 않고도 병을 고칠 수 있느냐?"

"예, 있습니다."

"어떻게 고치느냐?"

"참실을 환자 홀목손목에 묶어 가지고 그 끄트머리만 갖다 주

십서."

대감이 그 참실 끄트머리를 가져다 주었지. 그런데 그 며느리는 의원이 제주도 사람이라고 하니깐 천하게 봐서 이놈한테 혈맥 짚히는 것이 야속해서 손목에 감은 실을 풀어 가지고 화로 다리에 묶어 버렸단 말이야. 진좌수가 말했지.

"대감님의 자부는 죽겠습니다."

"어째서 죽겠는가?"

"사람의 맥으로 나오지 아니하고 화로의 맥으로 나옵니다."

며느리 방에 가 보니깐 실끝이 그 화로 발에 매어졌거든.

"너도 그만하면 밥 얻어먹어 살겠다."

마지막으로 문곡성을 시험했지. 엽전 일곱 닢을 놋대야로 톡 덮어 놓은 다음 물었어.

"이 속에 뭐가 있는가?"

"엽전 일곱 닢이 들어 있습니다."

"너도 밥 얻어먹어 살겠다." _남원읍 하례

5-2. 풍수로 이름 난 고전적

옛날 풍수風水에 능한 고전적高典籍이란 사람이 있었어. 고향은 저 북촌 '뒷개'마을인디 명도암 선생한테 글을 배웠어. 제주시 봉개동에 명도암 마을이 있는데, 거기가 선생 고향이라서 명도암 선생이라고 부르지.

명도암 선생은 고전적이 서자라서 신분이 천하다고 집안에 들어오지 못하게 했어. 그래서 고전적은 처마 밑에 서서 귀동냥으로 공부를 했지. 그래도 많이 배워 가지고 풍수에 능통하게 됐어. 아무도 그를 따를 사람이 없었지.

명도암 선생이 죽으니까 당연히 고전적이 묏자리를 보았지. 누구나 다 좋은 자리라고 생각했어. 이때 명도암 선생 밑에서 같이 공부한 사람 중에 소목사蘇牧使란 양반도 있었어. 그 사람이 과거에 합격해서 제주도 목사가 되어 가지고 내려왔지. 자기가 글 배운 선생을 찾아뵈어야 할 거 아니겠어. 그래서 선생님 댁을 찾아갔는데, 돌아가셨다는 거라.

소목사가 선생의 아들에게 물어보았어.

"선생님을 어디에 모셨는가?"

"저기 서귀읍 토평리 서쪽에 '큰다리굴'에 모셨습니다."

거기는 이름난 명당자리라. 선생의 묘소를 찾아간 소목사는 주위를 한 번 둘러보더니 선생의 묘소에서 몇 발짝 떨어진 자리를 파 보라고 했지. 파 보니까 선생의 시신이 있단 말이여.

"원래 묏자리에는 헛것이지 아무것도 없다. 이 묘소를 누가 정했느냐?"

"예, 아버님 제자 고생원이 보았습니다."

"음, 그리여?"

그때는 고전적이 아직 전적이 아니 될 때였지. 그는 선생의 묘소를 '풍질'에 쓴 거였어. 풍질은 바람이 세게 통하는 땅이지. 그러니 시체가 봉분 밑에 있지 않고 바람에 불려서 저만치 쓸려 간 거라.

소목사는 선생 묘소를 이장해야겠다고 해서 이름난 지관들을 불러들였는데, 그중엔 고전적도 있었어. 목사가 선생 묘소 근처에 천막을 치고 좌정해 앉아서 지관들더러 좋은 땅을 골라 보라고 명령했지.

"여기가 정자리옵니다."

"여기가 쓸 만하다고 봅니다."

지관들은 다 저마다 정자리를 짚어 댔지만 고전적만 가만히 있는 거야.

"너는 왜 아무 말도 안 하느냐?"

"예. 황송하오나 목사님이 일어나시면 정혈正穴을 보고자 합니다."

목사가 일어서자 거기다가 쇠를 딱 붙여 가지고 재혈裁穴하는 거라. 목사가 지금 앉은 자리가 명당이라는 거지. 실은 목사도 그걸 알고 거기에 앉았던 거라. 목사가 언성을 높이며 말했어.

"너, 이렇게 잘 알면서 선생의 묘를 어찌 그리 썼느냐?"

"제가 선생님 밑에서 글을 몇 년을 읽었는디 비 온 날 눈 온 날에 한 번도 방 안에 들어오게 한 적이 없습니다. 그것이 한이 되어 바람이 세게 통하는 풍질에 썼습니다."

"이놈 아무리 원한이 있은들 스승을 그럴 수 있느냐?"

그러고는 고전적을 하옥시켰지.

며칠 후에 소목사가 불길한 꿈을 꾸었어. 목사 인장을 담은 통을 무릎에 올려 놓으면 떨어지고, 올려 놓으면 떨어지고 한다 말이야. '이상하다. 제주 목사로 왔다가 무슨 봉변이라도 당하려는가?' 목사는 은근히 겁이 나서 해몽할 사람을 구해 오라고 했지. 아무도 신통하게 말하는 자가 없었어. 하는 수 없이 하옥시

킨 고생원을 불러오라고 했지.

"사또가 하나지, 둘이냐? 어느 사또는 하옥시키고 어느 사또는 나오라고 하느냐? 지금은 정신이 혼미하여 바로 갈 수 없다."

고생원은 후히 대접을 받고 며칠을 쉬고 나서 해몽을 했어.

"모레 사오 시가 되민 어영대장 유지를 받든 배가 당도하겠습니다. 그때 배가 오면서 발포를 할 텐데 응포를 안 하면 역적으로 몰릴 겁니다."

과연 이틀 있으니까 수평선으로 배가 하나 나타나더니 총소리가 나는 거라. 여기서도 응포를 했지. 소목사가 어영대장이 되어 가지고 서울로 갈 때 말했어.

"고생원 공을 갚고자 하는데 소원이 무엇이냐?"

"소원이 뭐 있겠습니까? 문과文科에나 한 번 참예해지면 좋겠습니다."

고생원이 이렇게 문과 벼슬을 원하니 소목사가 서울로 데리고 가서 과거를 보게 해주었지. 고전적은 과거에 급제해서 '전적'典籍 벼슬에 올랐어. 그때부터 사람들이 '고전적'이라고 부르게 된 거지. _남원읍 하례

5-3. 귀신 같은 의원 진좌수

1) 여우에게 홀려 의원이 되다

여우가 남자를 홀릴 때는 열다섯 이상은 된 사람만 고르지. 그 때가 돼야 세상 이치를 좀 알고 남자다운 기운이 도니까 그걸 빼앗아서 자기 걸로 만들려고 하는 거야. 그러면 장수하고 영리해진대. 그런 욕심에 사람을 홀리는 건데, 월계 진좌수도 그만한 나이가 됐을 때 여우에게 홀렸던 적이 있어.

진좌수는 한림 명월리 사람인데 글공부를 다른 동네에 가서 했다고 해. 가는 길에 수풀도 많고 길이 험악했지. 글 선생이 가만히 아이 인상을 보니 얼굴이 파리한 거라.

"너 어째서 얼굴이 그렇게 파리하냐, 밥은 잘 먹어지냐?"

"잘 먹어집네다."

"어디 아프냐?"

"아프지 않습네다."

"그러면 너 여기 올 때나 갈 때 길에서 뭐 이상한 거 봐지냐?"

처음은 대답을 안 했어.

"왜 대답 안 하냐? 꼭 바른 대로 말해라. 말하면 내가 좋은 붓도 줄 것이고, 잘 가르쳐 주고, 사랑해 줄 테니까 꼭 바른 대로 말해 봐."

"그런 게 아니고 여기서 집에 갈 때랑 올 때, 요 아무 길 밑에 수풀이 있고 언덕이 있는데 거기 갈 것 같으면 그 수풀, 언덕 밑으로 어떤 처녀가 나와서 입을 내게 대면서 구슬을 자기 입에 물었다가 내 입으로 옮겨 놓고, 수차 그러다가 최후에는 구슬을 자기가 물고 도망갑네다."

그러니까 선생이 당부를 했어.

"그 구슬을 너 입으로 물린 때는 그것을 주지 말고 움짝 삼켜라. 움짝 삼키면서 처음엔 하늘을 보고 두번째엔 땅을 보고 세번째엔 인간을 봐라. 그러면 사랑하고 글도 잘 가르쳐 줄 테니 너 꼭 나 하라는 대로 해라."

"그러겠습니다."

아닌 게 아니라 다음에 서당으로 올 때에 또 그것이 나타나서 그런 행동을 하니까, 선생 말에 복종하려고 몇 번 물었다 뱉었다 하다가 꿀꺽 삼켰어. 그랬더니 이것이 여우로 변하면서 '왕' 하고 달려드니, 어느 새에 하늘을 보고 땅을 볼 겨를이 있겠어? 마침 길 가던 사람을 탁 만나니까 여우는 도망가고 그 사람을 보게 된 거지.

서당 선생이 이 말을 듣고는

"너 공부 그만해도 괜찮다. 이제부터 후에 사람에 대한 일은 잘 알겠다."

아닌 게 아니라 신의神醫, 귀신 같은 의원이 되었지. 이 어른은 사람에 대한 일은 병만 보는 게 아니라 이 사람의 성질이 어떤지, 무엇을 하고 싶어 하는지, 구완해질 사람, 못 구완할 사람 다 알았어.

하늘을 봤으면 천문, 땅을 봤으면 지리를 통달했을 터인데 여우가 달려드는 바람에 사람만 본 거지.

2) 추풍낙엽탕과 벙어리 침

그 양반이 의원을 할 때에 있었던 일이야. 어떤 동네에서 부인네가 아이를 낳다가 순산을 못해서 하도 곤란하니까 그 남편이 진좌수에게 와서 의논했어.

"제 집사람이 순산을 못해서 살지 못할 것 같으니, 어떻게 합니까?"

"곧 빨리 뛰어라. 가서 문지두리를 톱으로 썰어 삶아 멕여라."

문지두리는 문지도리, 문 열었다 닫았다 하는데 문 끝각에 있는 쇠를 말해. 이놈을 박아서 열고 닫고 하는 거지. 남편이 진좌수 말대로 곧장 집으로 가서 문지도리를 삶아 먹이니 부인이 곧 순산했지.

그런 며칠 후에 그 동네의 다른 부인이 또 순산을 못하는 거라. 그 남편이 전에 그거 삶아 먹여서 순산했다는 말이 생각나서 그대로 했는데 순산은커녕 점점 더 난산이라. 그래 진좌수한테 달려가서 따져 물었지. 그런데 진좌수는 뜻밖에도 이렇게 말했다고 해.

"어서 가서 장례 치를 준비나 하게. 그 사람 살지 못해."

"왜 그렇습니까? 다른 약, 다른 방법을 알려줍서."

"안 되어. 먼젓사람은 새벽에 아이를 낳았으니 문 열 때 지도리를 먹이니 문을 열어서 낳았고, 자네 부인은 저물어 갈 때 아이를 낳았으니 문 잠글 때에 지도리를 먹여 산모의 문을 잠가 버린 거지. 문을 잠가 버린 데는 약이 없어."

어느 날은 진좌수가 나무 아래 앉아서 장기를 두는데, 어떤 사람이 와 가지고,

"하이고, 어머니가 아파 죽어 갑니다."

"그래여?"

하더니 오동나무 이파리 떨어진 걸 주워 가지고 딱 묶어서

'추풍낙엽탕'秋風落葉湯이라 처방하면서

"달여 먹여라."

그 말대로 달여 먹여서 어머니가 좋아졌단 말이지. 그후에 다른 사람이 또 어머니가 아프니깐 월계 진좌수를 데리러 갔지. 가 보니까 진좌수는 안 계시고 그 부인만 있으니 부인에게 물어보았어.

"어데 갔습네까?"

"모르겠네. 어떵 해연어째서?"

"이만저만 하여 어머니가 아프셔서 왔습니다."

"거 누구네는 그 오동나무 잎 떨어진 거, 머귀나무 잎 떨어진 거 삶아 먹이니까 좋았다고는 하던데…."

그래서 그 잎을 가져다가 달여 먹였지만 좋아? 안 좋았거든. 그 사람이 또 달려왔지. 마침 진좌수가 있으니까

"이러이러 하여도 안 좋습데다."

그러니 진좌수가 다른 약을 처방해서 그 병을 고쳐 놓은 다음 이제 자기 부인보고

"당신 침 좀 맞아야겠다"

고 했지. 부인이

"아프지도 않은데요?"

"안 아파도 침 맞아야 할 일이 있다."

하고 침을 놓아 가지고 말을 못하게 만들어 버렸지. 자기 부인을 말야. '혓입 놀리는 사람은 말을 몰라야 된다'고. 남에게 공연히 안 될 약을 가르쳐 줬다는 거지. 삼 년 동안 부인을 벙어리 만들고 나서 또 침으로 말을 하게 했다고 해.

3) 관상으로 병을 고치다

어떤 사람이 홀연 병이 나자, 그 부인이 진좌수를 찾아왔지.

"남편이 병이 났는데 아주 위급하여서 살지 못할 듯하니 어떻게 하면 좋겠습니까?"

"집에 속히 돌아가."

병이 어떻다는 말도 안 하고 그저 속히 돌아가라고만 했지.

"왜 이러십니까? 뭐라고 말 좀 해주십서"

"아니다. 속히 가 봐라. 너 남편네가 '물 달라, 밥 달라' 하고 있다."

"아닙니다. 내가 여기 올 때는 살아 있었지만도, 시방까지 목숨이 있는지 없는지 아주 위급했는디 어느 사이에 '물 달라 밥 달라' 할 리가 있습니까? 거 무슨 처방을 해줍서."

막 사정하면서 절대 안 가는 거라.

"왜 가라니 안 가느냐? '물 달라, 밥 달라' 허니까 가서 물이라도 떠 주고 하라."

그래도 기어이 가질 않으니

"너 올 때 무슨 일 있지?"

"일 없습니다."

"바른 대로 말해 봐."

"그런 거 아니고 내가 이리 올 때에 아무 지경에 오니까 그 길에는 수풀이 싸여 있고, 조용한 곳이 있는데 거기서 어떤 떠돌이가… 그 떠돌이가 저를 겁간해 버렸습니다."

"음. 그러니까 말하라고 한 게지. 너 가다 보면 그 자가 죽었다. 죽었으니까 적삼 벗어서 얼굴에 덮어 주고, 가 봐라. 너의 집에 가서 보면 너 남편이 '물 달라, 밥 달라' 하고 있으니 가라."

집에 와 보니 과연 남편이 살아났어. 진좌수가 어떻게 알았느냐? 그 여자를 보니 상부살喪夫煞을 맨 여자라. 상부살은 남편이 죽을 팔자거든. 그 여자는 반드시 서방이 죽어야만 하는 거였는데, 그 떠돌이에게 겁간을 당해 서방질한 것이 되었기 때문에 떠돌이가 죽으니 상부살은 거기서 소멸되고 본남편은 살아났던 거지. 월계 진좌수가 그런 거까지 다 안 사람이었다는 거야.

또 이런 일도 있었어. 사또가 관덕정에 도임을 했는데, 백성들이 맛있는 거를 바친다고 큰 동치달고깃과의 바닷물고기로 국을 끓여서 올렸어. 그걸 한 그릇 먹고 나더니 사또가 말을 못하는 거라.

벙어리가 되어 버렸어. 의원을 데려오고 별 짓을 다해 봤지만 소용이 없었어. 말을 하고 싶어도 나오지가 않는 거라. 그래서 진좌수가 유명하다고 하니 불러오라고 했지.

사람이 가 보니까 월계 진좌수는 벌써 알아 가지고 큰 도포를 입고 갓 쓰고 담뱃대를 두어 발 길이 해서 턱 쥐고 창신 신고 해서 나갈 준비를 하고 있었지.

옛날에는 의사들이 가면 관덕정 섬돌 앞에 꿇어 앉아서 한 쪽 끝에 명주실을 팔목에 묶어서 진찰을 했어. 감히 사또 손목을 못 잡았지. 도복도 못 입고 감히 사또 앞에 빳빳이 서 있지도 못해. 그런데 이 진좌수는 꿇어 앉지도 않고 뒷짐을 지고는 큰 담뱃대 물고 창신을 신은 채 질칵질칵 소리를 내면서 사또 앞으로 들어가거든. 사또가 너무 화가 나서

"고약한 놈! 내가 병을 못 고치면 못 고쳤지, 이런 상것한테! 건방스러운 놈, 저놈 잡아 묶어라!"

하는 통에 말이 발칵 나왔어. 저절로 말이 터져 버린 거야.

이제 병은 나았고 사또가 물어보았어.

"너 어째 그런 불량한 행동을 허였느냐?"

"사또님, 오늘 동치국을 먹지 안 했습니까?"

"먹었다."

"동치국을 자시다가 비늘이 염통 구멍에 가서 톡 붙어 버리

니 말이 막혀 버린 겁니다. 부에폐肺를 건드려서 부에를 되싸지게 해 놓으니뒤집어 놓으니 그놈이 부푸는 통에 비늘이 떨어져 버린 겁니다. 화가 나야 구멍이 터지게 되지 화를 안 내면 안 터지게 됐습니다.

그때 진좌수는 '통인'通引이었는데 사또가 '좌수'座首 벼슬을 주었어. 너무 고마웠던 게지.

4) 믿음이 약이다, 죽어서도 처방을 낸 진좌수

어느 여름날이었지. 진좌수가 나무 아래서 장기를 두고 있는데 어떤 급한 환자가 있는 집에서 고쳐 달라고 왔어. 진좌수가 바로 옆에 있는 팽나무잎, 제주말로는 '폭낭'이라고 하지. 폭낭 잎을 얼른 훑어 주면서 말했지.

"달여 멕이라."

그 사람은 '예, 알았습니다' 하고 갔어. 같이 장기 두던 사람이

"그런 식으로 아무거나 그저 곁에 있는 걸 약이라 해서 내주는 법이 어디 있어? 허황된 방법 아녀?"

"사람은 믿음이 약 된다."

진좌수를 명의라고 믿고 찾아왔으니 그 사람은 자기 말을 믿을 것이니까 약 된다는 말이었지. 팽나무 이파리는 약재가 아닌

데도 말야.

서울에서 임금이 아팠는데 백약이 무효라. 어의御醫를 데려다 놓아도 효과가 없고 죽을 형편이여. 소문에 들으니 제주에 유명한 의원이 있다고 하니, 심부름꾼을 두어 사람 보냈지. 화북 포구에 내려 가지고 진좌수가 사는 한림읍 명월에 찾아갔는데 골목으로 들어가니 수염 허연 백발노장이 백마를 타 가지고 실랑실랑 나오고 있거든.

"말 좀 묻겠습니다."

"무신 말 묻겠느냐?"

"여기 월계 진좌수 댁을 어디로 갑니까?"

"뭐하러 찾아가느냐?"

"화제和劑: 처방를 받으려고 찾아갑니다."

"내가 월계 진좌수노라."

"아, 그렇습니까? 그런데 어디를 나가십니까?"

"난 먼 길로 나간다. 우리 집을 찾아가 보면 반닫이 속 아무 서랍에 내 화제를 놓아두었다. 그 화제를 달라고 허여서 그 화제로 약을 지어 먹이면 살아날 거다."

아, 가서 보니 장막 치고 '아이고 아이고' 하면서 사람들이 울고 있어. 월계 진좌수는 죽어서 방금 입관해 있는 때라.

"여기가 월계 진좌수 댁입니까?"

"월계 진좌수 댁이라."

"아, 그 영감은 백마 타서 저기로 나가는 걸 우리가 방금 보고 왔습니다. 집에 화제를 놓아두었다고 하면서 우리 보고 가져가라고 했는데 죽었다니 이게 무슨 말입니까?"

진좌수 가족들은 사또들을 미친 놈이라고 하면서도 허연 수염과 얼굴과 기상을 듣고 보니 그럴 듯도 했지. 더구나 영감이 타던 백마도 영감이 죽자 바로 죽어 버렸거든. 이상하다 하면서 반닫이 서랍을 열어 보니 아닌 게 아니라 화제를 내서 놔둔 거라. 그런데 단지 한 가지 약재가 빠졌어. 주사朱砂라고 하는 건데, 경면 주사가 들어가야 영약靈藥으로, 단작 살아날 것인데, 경면 주사하고 귀신은 반대라. 그 주사를 보기만 해도 저승사자가 가까이 오지를 못해. 그러니 '주사'라고는 쓰지 못하고 끝에는 이렇게 써 놨었지.

"아무 약방에 가서 이 약을 지어라."

그 화제를 가지고 가니 그 약방에서는

"이건 신神의 화제라. 귀신의 화제라."

경면 주사를 가하여서 약을 지어 임금께 올리니 금방 병이 나았다고 해. _서귀포 중문동 대포

5-4. 조 밟는 노래 불러 벼슬 얻은 오선달

강정에 오영이라는 사람이 있었는데, 임금이 선달先達 직을 줬어. 그래서 '오선달'이라고 부르지. 오영이 서울에 가서 임금을 만나게 되었는데, 임금이 오영에게 물어봤어.

"너는 무슨 직에 있느냐?"

"그저 농부 직에 삽네다."

"아, 그러면 제주도에 그 농사하는 특수한 뭣이 있느냐?"

"제주도에 조라는 곡식을 말로 밟습니다."

이 조를 '밟는다'는 것은 밭에 좁씨를 뿌려서 밟는 건데 육지에는 없고, 제주도에서만 하는 풍습이야. 하지夏至와 소서小暑 사이에 파종을 하는데, 먼저 소로 밭을 갈고 그 위에다 좁씨를 뿌리고 마소와 사람의 발로 꼭꼭 탄탄하게 밟아 주지. 그렇게 안 하면 태풍에 씨가 날아가 싹이 나질 않거든. 큰 비에 쓸려 가 버릴 수도 있고. 이 무렵이 제주도에 태풍이 불 때라서 그래.

오선달이 조밭 밟는 법을 말하니 임금이 신기했던 모양이야. 말[馬]을 밭에 넣어서 밟는 것은 육지에는 없으니까. 말을 수십 필을 내어 주면서 직접 해보라고 지시했어.

옛날은 백 필이고 열 필이고 말이나 소를 밭 안에 담아 놓고서 좌우, 또는 뒤에 사람이 서서 마소를 몰면서 밭을 밟지. '선상'先上이라고 해서 맨 앞에 서서 방향을 잡는 사람이 노래를 부르면서 앞으로 가면 마소들은 뒤를 따라가면서 밟는 거야. 마소가 채 따라가지 못하고 뒤처지거나 옆으로 빠지면 옆이나 뒤에 몰이꾼이 있어서 마소를 대열에 끼도록 하지. 뒤에 가는 몰이꾼들도 노래를 불러.

선상이 앞에서 노래 부르면서 이쪽으로 가다가 휙 돌아서 저쪽으로 가고 저쪽으로 가다가 휙 돌아서 또 다른 쪽으로 가면 마소들도 급하게 선상을 따라서 방향을 바꿔 가며 걷다 보면 밭이 골고루 탄탄하게 밟아지는 거지.

임금이 말이랑 뒤에서 말몰이 할 사람들도 내어 주니까 오영이는 맨 앞에 서서 인도자로 빙빙 돌아다니며 밭 밟는 노래를 부른다 말이여. 그걸 임금이 보고 감탄했어.

"하, 제주도에서는 농사가 그럴 듯하고 취미 있게 한다."

그래서 임금이 오영에게 선달 직을 주었지. 보통 '선달' 하면 이름뿐이지만 이건 임금이 내려준 진짜 선달이야. _중문동 대포

5-5. 눈빛이 매서웠던 이좌수 이야기

1) 여자로 변한 여우를 잡다

옛날에 무남발 이좌수라는 분이 대정에 살았지. 원체 눈살눈빛이 좋아서 마당에서 말리는 곡식을 닭이 와서 쪼아먹을 때 쉬쉬하며 쫓아도 가지 않으면 눈을 조금만 부릅 떠서 봐도 닭들이 죽어 버려.

이 양반이 언제나 밤이면 꼭 말을 타고 중문으로 갔어. 고향은 중문인데 대정에 와서 좌수 일을 보았거든. 밤중이 되면 '개왓띠떼기'대정 지역의 지명에 여우가 잘 나온다고 하니, 자기가 꼭 잡아 버려야지 안 되겠다고 다짐했지.

어느 날 저녁에 중문으로 가는데 개왓띠떼기에 가니 고운 젊은 부인이 구덕바구니을 옆구리에 끼고 잘룩잘룩 걸어 가는 게 보여. '아 걸음을 저는구나' 생각했지. 말을 달려서 그 곁에를 가니 그 부인네가 말을 걸어.

"아이고, 좌수님 어딜 가는 길입니까?"

"집에 가는 사람일세."

"나는 저기 아무데까지 갈 꺼니깐 좀 태워 줍써. 발 아파서 걷질 못하겠습니다."

"아, 그리하라."

이리 오르라고 하니까 말 위으로 폴짝 오르거든. 이좌수가 전에 이 여우를 잡기 위해서 준비를 해두었지. 가시나무로 안장을 만들어서 말등에 얹고, '실바지' 저고리라고 바늘로 막 누빈 옷, 그것을 두 벌 꽉 입고 다녔어. 말 아래에는 그 가죽 주머니에 두루막도 놓고 말 채도 찌르고 해서 다녔지.

또 총배말총을 꼬아서 만든 굵은 끈를 가늘게 꼬아서 늘 갖고 다녔는데 "내 업어 주마" 하면서 그 총배로 도망가지 못하게 자기 뒤에 업어 주는 양 꽉 붙들어 매었어. 그래 놓고 말의 겨드랑이를 톡톡 건드렸지. 그러면 말은 매우 빨리 달리지. 눈이 벌겋게 달려서 중문까지 쑤욱 들어가니 개 소리가 왕왕 났지. 그 여인이 사정했어.

"하이고, 나 내려 줍써. 이거 너무 와졌습니다. 저기에서 내릴 걸 여기까지 와져 부렀수다. 내려 줍서게."

"조그만 더 가서 내립주. 조금만 더 가 내립주."

그러면서 집까지 쑥 들어갔다 말이여. 그 집이 개를 쌍으로 기르는데, '코선이'하고 '동전이'라. 코 흰 놈이 코선이, 목 흰 놈이 동전이.

"동전아, 코선아" 부르면서 등에 묶은 여인을 훅 풀어서 던지니 누런 여우가 동백나무 위로 호르륵 오르거든. 퍼뜩 잽싸게 오르니, 이제 개가 '컹' 하면서 달려들었지. 개 눈살에 그만 퍽 아래로 떨어지니 팍 물어서 죽여 보니 꼴랭이꼬리가 아홉 달린 여우였어. 그걸 잡아 버린 후에는 일절 여우가 안 나와. 그 사람이 쌍골리쌍동공이어서 호랑이 눈 같았다 이좌수여.

2) 눈만 떠도 가슴이 덜컹

여우 잡은 말도 말이지만 이좌수는 용모가 유별났다고 해. 눈이 바로 번개라. 눈살이 보통이 아니어서 어떤 사람이든지 마주 보고 앉았다가 눈을 번쩍 뜨면 흠칫하지 않을 사람이 없었어. 그러니 늘 눈을 감고 다녔대. 사뭇 감지는 않아도 그저 슬쩍 보일 만큼만 반은 감고 반만 지그시 떠서 다녔지.

한번은 제주 목사牧使한테 갔는데 목사가 물어보았어.

"왜 눈을 감고 다니시오? 뭐가 무서워요?"

이좌수가 눈을 다 뜨자 목사가 질겁을 하는 거라.

"아이고, 좌수 그만, 좌수 그만!"

또 한번은 영문營門 이방하고 대면하게 되었어. 제주도에서는 제주 목사가 제일 높은 사람인데 영문 이방이라면 제주 목사 바로 아랫사람이야. 그래도 권리는 이 이방이 가졌지. 무슨 일이 나면 '처리하소' 하면서 이방에게 맡기거든. 살인사건이고 송사고 간에 영문 이방이 가결하면 그만이었어.

그러니 영문 이방이야말로 그 권위와 위세가 등등한데, 한번은 목사가 순력을 했어. 순력 때에는 사또 뒤에 이방, 형방 등 다른 관속들이 수백 명 따르는데 대정에 오면 대정 관속되는 이들, 즉 좌수나 훈장 같은 이들이 마중을 나가서 환영을 하지. 이좌수도 환영을 나갔어. 서로 만나면 인사할 거 아니겠어. 대정에서 마중 나간 관속들하고 제주목에서 온 관속들하고 인사를 하는데 우선 이좌수하고 영문 이방하고 먼저 만나서 인사를 나누게 된 모양이야.

순력이 끝나고 제주목으로 돌아간 후에 제주목 관속들이 자기들끼리 이야기를 나누는데 그 이방이 말하기를

"대정 이좌수 참 잘 생겼더라."

"뭣이 잘 생겼어?"

"허, 그놈 눈살이 펀직펀직하니 영웅이데."

"왜 그 말을 하는데?"

"허, 그 대정 좌수한테 내가 인사를 먼저 했거든."

사또 부하 이방은 무관이고, 좌수는 문관이지. 문무차별로 봐서는 문관이 높지만 권리로 봐서는 이방이 훨씬 높지. 그러니 좌수가 먼저 인사를 올려야 하는 건데 이방이 먼저 했다는 거라. 거기 앉아 듣던 벗들이 다들 나무랐지.

"황당한 게로고. 좌수한테 먼저 절을 했다는 게 뭔 말이냐?"

"아, 참 위엄하데."

몇 해 후에는 대정 좌수에게 먼저 절했다고 나무란 사람이 이방이 되었어. 그 자가 순력을 따라가니 친구들이 농담을 했어.

"이번에 가서 대정 좌수한테 절 먼저 안 하려고?"

"안 하지. 그까짓 대정 좌수한테 절을 먼저 한다는 게 말이 되는가?"

순력을 마치고 돌아오니 벗들이 물어보았지.

"어떻게 했어?"

"하이고, 말도 말자. 이좌수가 말 위에서 눈을 번쩍 뜨니 그냥 무서워서 말 아래 내려서 인사하려고 급히 내리다가 그만 낙마하고 말았네."

이좌수 눈살에 겁이 나서 그만 말에서 떨어졌다는 거지.

그런데 이좌수가 한 30세밖에 안 되었을 때 괴롭지도 않고 아프지도 않고 아무렇지도 않았는데 하루는 의관을 차리고 모친에게 와서 하직 인사를 했어.

"어떤 일이냐?"

"오늘은 제가 세상을 버리고 떠날 날입니다."

"나를 두고 니가 먼저 간다는 말이 웬 말이냐?"

"그렇기 때문에 죽어도 3년을 눈을 감지 못하겠습니다."

가속들이 울고 불고 할 게 아니겠어? 그래도 이좌수는 눕는 방에 가서 가만히 앉아 가속들에게 말했어.

"너희들 그 평반平盤에 술이나 이쪽으로 한 잔 갖다 놔."

평반이라는 건 발 달린 상이지. 술 한잔 먹고 조금 있다가

"나를 눕혀라."

하고선 그저 죽은 거지. 보통사람이 아니었던 거야.

아닌 게 아니라 삼 년만에 묏자리를 옮기려고 보니 눈을 안 감았더라고 해. 체격도 아주 컸던 사람이라. 관을 짜려면 관 너머로 다리를 넘겨서 왔다 갔다 해야 하는데 이 사람은 워낙 커서 관 널을 별 사람이라도 다리로 넘어가지 못했다고 해. _서귀포시 중문동 대포

5-6. 임기응변에 능한 양장의 이야기

1) 조상이 죽었는데 웃어?

제주에 가령 사람 양장의라는 이가 제주 태생이라도 서울에 늘 출입하였어. 태학관성균관엘 가도 제주 양梁아무개 왔다고 하면 태학관 선비들도 의견으로나 말로나 떨어진단 말이여.

한번은 태학관 선비들이 양장의가 없는 때에 양장의를 놀려 주자고 의논을 했어.

"우리가 웃음거리로 저 제주 양아무개를 좀 무안하게 하자. 어떻게 할까?"

"양아무개 앉는 마루에 마루널을 떼어 내고 그 위에 방석만 깔아 두면 와서는 항상 자기 앉는 자리에만 앉으니, 덥석 앉으면 폭싹 빠질 것 아니냐."

"하, 참 거 좋다."

그렇게 양장의 모르게 마루널을 떼어 두고 그 위에 방석을 놔두니 양장의가 어디 다니다가 들어온 거라.

"아, 저기 제주 양장의가 오고 있다."

그리로 가서 툭 앉으니 홈싹 빠지고 말았지. 태학관 선비들이 손뼉을 치면서 웃으니까 양장의가 나무라는 거라.

"하관시 당한 상주들이 웃기는 왜 웃느냐?"

구덩이로 풀썩 빠지니 그 모양이 하관하는 모양과 같다는 거지. 그러니 옆에 있는 태학관 선비들은 저절로 상주가 된 거고.

"조상이 하관할 때는 슬퍼서 울어도 시원치 않을 텐데 웃기는…."

태학관 선비들은 다 상주가 되고 자손이 되니 오히려 무안을 당했던 거지.

서울에 촌놈이 처음 가면 복잡해서 어리둥절하기도 하고 차린 모습이 '저건 촌놈이다' 낯에 써졌으니 상점 거리에 걸어가고 있으면 붙잡아 가지고 '뭘 사겠느냐' 해서 사질 않으면 구경도 못했다고 해. 그러니 양장의가 말을 둘러대었어.

"볏보섭이나 있으면 하나 사겠소."

"볏보섭이 뭐요."

"아니 밭 갈때 쓰는 거 볏보섭도 몰라요. 그런 거 없는 상점을 가지고 상점이라 하니."

그러면서 서울 상점을 다 구경하였다고 해. 그렇게 어려운 처지를 당하면 착착 생각이 솟아났던 임기응변이 좋았던 사람이 라고 해.

2) 뇌물을 주고 소를 진상해?

옛날에는 제주에서 흑쇠 진상이라고 해서 검은 소를 꼭 한 해에 하나씩 상감께 바치는 예가 있었어. 그런데 그것도 좀 세력이 있고 뇌물을 잘 쓴 사람은 소를 얼른 받고, 그렇지 않은 사람은 아무리 좋은 소를 가지고 가도 받지를 않았지. 받지 않고 있으면 뭐가 나온다고 해서 그러는 거지. 뇌물을 받고 싶어서. 그땐 제주 사람에 대한 차별이 심했대.

어떤 사람이 소를 바치러 가니까 소가 작니 어쩌니 하며 안 받겠다고 퇴짜를 놓았어. 다음 날 또 바치러 가니 살이 빠졌다고 안 받겠다 하고 사흘째 바치러 가니 나이가 너무 많다고 해서 안 받거든. 사흘 내내 가도 소를 못 바쳤단 말이야. 그러니 얼마 돈을 주고라도 그걸 바치고 오지 않으면 그 소를 다시 제주에 가져왔다가 또 배에 실어서 나중에 육지에 가고 하려면 경비가 꽤 많이 들거든.

그때 마침 양장의가 서울 갔다가 돌아오는 길에 전라 감영 부근에서 소를 못 바쳐서 쩔쩔매는 사람을 본 거라.

"하이구, 이거 양장의 참 잘 만나졌수다. 쇠를 바치러 왔는디 사흘 나절을 댕겨도 못 바쳤습니다."

"그거 주어 불민버리면 되주. 그걸 뭐 안 받다니."

"사흘 나절을 가도 이 핑계 저 핑계 허멍 안 받으니 어떡하면 좋겠습니까?"

"가만 놔둬라. 내가 바쳐 주마. 쇠 바치러 간 때에 전라 감사가 받았지? 모대허고정장을 하고 촛불이나 켜고 해서 받더냐?"

"엇쑤다아닙니다. 누엉누워서 일어나지도 않고 받습디다."

"되었다. 낼랑내일일랑 가자."

뒷날은 소를 바치러 가 보니 전라감사가 비스듬이 안쳇문 의지해서 반은 눕고 반은 앉고, 똑바로 바라보지도 아니하면서 저 제주도 소는 못 받겠다 하니 양장의가 썩 나서는 거라.

"아, 무엇하러 왔느냐? 상감한테 진상곡물 받는 사람이 향화香火 아니하고 모대도 아니하고 저런 놈이 있나. 나 어제 서울서 오는 길이다만 저렇게 법 고쳐진 거 처음 듣는 일이여. 가져 가자. 어디 저렇게 하는 놈에게 쇠를 준단 말이냐?"

바로 가지고 가 버렸어. 전라감사도 생각해 보니, 상감한테 진상할 물건을 받을 때는 향화도 하고 모대도 하고 하는 건데, 그것이 법이고 정한 예인데, 자기가 잘못했잖어. 아랫사람에게 물어보았어.

"아, 저 이가 어떤 사람이냐."

"제주의 양장의입니다."

제주 사람이었지만 제주 양아무개 하면 이름이 났던 터라.

"하, 이거 큰일 났다. 저 작자 서울에 익숙한 데가 많다구 허는디 큰일 났다. 내일 아침에 곧 소를 바치라고 해라. 말겠다고 하면 돈 백 냥 줄 테니 바치라고 하라."

양장의는 소 바치러 간 사람에게 이렇게 말했어.

"가만히 있으민 내일은 쇠 바치라고 할 거여. 백 냥 줄 테니 바치라고 할 텐데 그래도 말다고 하고 있으면 그 다음에는 이백 냥 줄 테니 바치라고 하면 하든지 말든지 말다고 하고 있으면 또 그 다음 날 아침은 삼백 냥 줄 테니 바치라고 할 거라. 그때 바치라."

아닌 게 아니라 다음 날 아침은 진상소 바쳐 줍서 하니 소 바치는 사람이 말했어.

"아니, 양장의 서울 가서 오다가 저 어떻게 하겠다고 허면서 나한테 바치지 말라고 하더라."

"하, 그렇게 하지 말고 오늘 바치주. 백 냥 주겠다."

"아, 마라."

그 다음 날 또 와서 이백 냥 줄 테니 바치라고 해도 말다고 하니까 사흘째 아침은 삼백 냥 줄 테니 바치라고 하는 거라.

"이렇게 청하니 부득이하게 바치긴 허는디 그 양장의가 알면 잘못했다고나 아니할까?"

소를 가져 가니, 얼른 받아서 영수증을 탁 해주는 거라. 갔다와 보니까 양장의가 기다리고 있었어.

"그렇게 쉽게 바쳐지는걸. 넌 백 냥이면 제주 가는 여비는 할 테니, 이백 냥은 날 주라. 내가 쓰게." _서귀포 영천동

6부

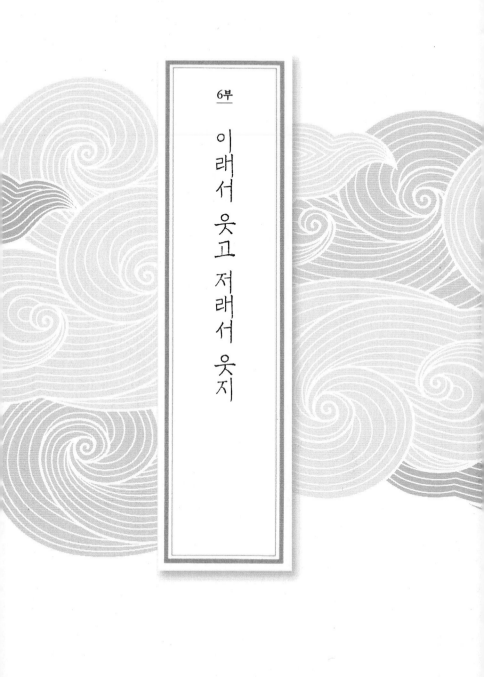

이래서 웃고 저래서 웃지

6-1. 오라고 하니 왔지

제주 안에 '무르레'라고 하는 마을이 있는 모양이야. 목牧 안에 사는 한 홀아방이 있는데 만날 살다 봐도 그 정도밖에 못 살아. 양태갓모자의 밑 둘레 밖으로 둥글넓적하게 된 부분장사를 하는데, 정의고을에나 넘어가서 살 변통을 해야겠다고 생각했지. 그리고 그저 발 돌아가는 대로 계속 가는데 정의마을에 당도하니까 어슬어슬 날이 어두워지고 있었어. 보니까 한 연자마말방아 집에서 여인네들이 방아를 찧고 있는 거야. 그 앞에 가서 머뭇머뭇하니 어떤 아이가 문 앞에 섰다가 외치는 거라.

"아, 무르레 아지바님형부 왔수다."

여인네들이 연자마를 찧다가 잠시 멈춰서 아이에게 말했어.

"아, 무르레 아지바님 집에 청허영 가라. 먼저 가 있으면 우리가 곧 방아 다 찧어서 갈 테이니, 먼저 가라."

가시어멍장모 될 사람은 방아를 찧고 와서는 이 홀아방을 딸

방으로 청허였어. 아마 그때 딸은 결혼만 안 허였지 약혼은 한 모양이라. 하룻밤 딸 방에 자게 한 거지. 요즘 같으면 얼굴을 보고 바로 신랑이 아닌 줄 알았겠지만, 옛날에는 양반 뼈우림으로 얼굴도 잘 모르니 그냥 남편 될 사람인가 했단 말이야. 약혼식날 잠깐 본 걸로는 잘 몰랐던 게지.

하룻밤을 지내 놓고 다음 날 아침에 그 신부 된 사람이 보니까 아, 정한 신랑이 아니여. 어머니한테 달려 갔지.

“아이고, 어머니, 이건 첨 보는 사람을 데려다 놓고 하룻밤을 재왔수다.”

막 원망을 허는 거라. 가시어멍이랑 가시아방장인이랑 가 보니까 아니여.

“아, 이거 큰 실수를 하였다. 곧 나가라. 우리는 미처 보지 않아서 오라고 허였는데, 이거 아니 되었다. 곧 나가라.”

양태장사 하는 홀아방은 당연히 할 말이 있었지.

“오라고 하니 내가 왔지. 왜 나가라고 하느냐?”

“아이, 그리 말고 나가 달라.”

“정 그렇다면 여기 경민장한테 가서 고소를 허여 보면 알 거라. 오라고 하니 왔지, 왜 내가 올 필요가 있겠느냐?”

“아 경민장까지 가면 우리가 큰 구체창피를 볼 거니까, 경그리 말아 달라.”

"정 그러거든 내 요청하는 것을 허여 준다며는 내가 잠잠히 갈 터이고, 그렇지 아니 한다면 직접 경민장을 찾아가겠다."

"아, 요구하는 게 뭣이냐?"

"사모관대紗帽冠帶 하나만 해 주면 내가 그대로 가겠노라."

신붓집에서는 얼른 그걸 갖다 주었고, 이 홀아방은 그걸 받아 가지고 또 그저 발 돌아가는 대로 걸었어. 가다가 가만 보니까 한 잔칫집이 있어.

"옳다, 되었다."

얼른 꾀가 떠오른 거지. 연자마 집을 찾아 들어가서 사모관대로 딱 갈아 입고 신랑 차림으로 멋들어지게 갖추었지. 그러고선 잔칫집 문 앞에 가서 떡 서니 다들 신랑으로 아는 거지.

"아, 이거 신랑이 왔다."

신랑을 모셔 들인다고 청해서 들이니 들어가서 상을 받고 떡하니 앉았는데 그때 진짜 신랑이 들어온 거야. 말 타고 실랑실랑 하인들 데리고 왔어. 아이들이 놀다가 먼 길에서 신랑을 보고 소리치는 거라.

"저기 홍옹신랑행차가 올 때, 그 신랑을 모시고 오는 하인들이 '호오옹'하고 길게 내는 소리 허면서 새서방 오람수다."

그때야 신부 부모들하고 잔칫집 사람들은 질겁을 하는 거라. 사람을 자세히 보지도 않고 그저 사모관대만 보고 신랑으로 알

왔던 거지.

"야, 이건, 이건 큰일 났다."

이거 새서방을 둘 앉혀 놓으면 큰일이거든. 혼서함婚書函: 결혼식날 신랑측이 신부를 모시러 신붓집에 가서 드리는 함. 그 속에는 폐백과 예장이 들어 있음 들고 온 신랑을 올레에 세워 두고 먼저 온 그 홀아방한테 사정을 했지.

"나가 달라."

"못하겠다. 아, 오라고 하니 왔지, 내가 자진해서 강제로 들어오지를 아니허였다."

신붓집에서 하도 사정하니까 이 홀아방이 흥정을 하는 거라.

"정 그렇다면 내 요구할 것이 있으니까, 요구하는 대로 허여 준다면 가겠다."

"뭣이냐?"

"검은 암쇠에 대 한 바리만 실어 주고 돈 천 냥만 묶어 준다면 가겠다."

"아, 그것은 어렵지 않다."

그 집이 상당히 부잣집이었던 모양이야. 당장 그러마고 했지.

"틀림없이 해줄 테니까 지금 빨리 나가라."

"아니다. 경민장이나 데려다가 딱 입회시켜 놓고 정당하게 허여 준다면 나가겠다."

문 앞에 신랑이 딱 들이닥쳐 있으니 하는 수 있어? 경민장을 청하니 경민장도 이 사람 말을 들어주라는 거라.

"아, 거, 불가불 할 수 없다. 해달라는 거 해주고 진짜 신랑을 모시라."

다짐을 받고 신랑은 나왔다 말이여. 이 집이 부잣집이니까 울타리에 큰 대밭이 있어. 부지런히 하인들 시켜서 대를 베고 검은 암소 하나 끌어다가 등에 대 한 바리를 실어 주고 돈 천 냥 탁 지워서 보내니까,

"아, 이젠 좋다."

그냥 와 버렸어. 이 사람이 이걸 밑천으로 해서 쭉 잘 살았다고 해. _노형동 광평

6-2. 글 몰랐던 부자 변당장 이야기

1) 오줌이골 논 사건

그리 오래지 않은 옛날 중문리 대포 동東동네에 변씨邊氏가 살았어. '변당장'이라고도 했지. 베배腹를 벨라갈라 버렸다 해서 '베벨락 변당장'이라고도 하고, 배를 질러찔러 버렸다 해서 '베질럭 변당장'이라고도 해. 자기 배를 찔러 죽어 버리겠다고 한 거지.

이 '베질럭 변당장'이 새 집을 짓게 되었어. 옛날엔 집을 짓으려고 하면 토신제土神祭를 지냈어. 토신한테 폐백을 드리는 건데, 비단이면 비단, 무명이면 무명, 한 줄을 놓았지. 옛날에는 조금만 태우고 '전부 태웠노라'고 하는 게 아니라 옛날에는 놓았다 하면 전부 태웠지.

변당장이 지사地師를 청해다가 토신제를 지내게 됐어. 지사가 하는 말이,

"이 터에 폐백을 드리되 비단 열 동을 놓으라."

한 동이 쉰 필이니까 열 동이면 오백 필, 어마어마한 양이지. 변당장은 이걸 다 놓을 수는 없어서 한 동 즉 쉰 필을 놓았어. 지사는 이렇게 시켜 두고 어디 갔다가 한 13년 후에 다시 돌아왔어. 와서 보고는 물어봤지.

"폐백 몇 동 놨소?"

"한 동밖에 못 놨수다."

"사람 하나밖에 못 나겠다. 쓸 사람 하나 나겠다."

그때 이 집에는 두어살 난 아들이 태어나 있었어. 그 아이를 보더니 지사가 말했어.

"이 아이 공부를 잘 시키면 쓸 사람이 되겠다."

이 아이가 대여섯 살쯤 되나 마나 할 때 일어난 일인데, 그때가 봄이라.

봄에는 항상 곡식이 떨어져 배고플 때야. 하루는 칠소장七所場 목자가 곡식을 팔아 달라고 왔어. 칠소장이라는 건 뭐냐면, 옛날 고려 때 몽고에서 제주도에 말목장을 설치했거든. 번식이 아주 잘 되어서 그때부터 제주하면 말을 기르는 곳으로 유명했지. 한라산 주위를 돌담으로 둘러서 길렀는데, 조선시대에는 전부 열 군데가 있었어. 한라산 북쪽으로는 6개, 즉 1소장所場에서 6소장까지 있었고 한라산 남쪽 중에서 대정에는 7소장하고 8소장, 정의에는 9소장, 10소장을 두었지. 7소장은 어디냐면 색달 가운데야. 대포 가운데는 8소장이고.

옛날에는 말을 기를 때 어떻게 길렀느냐 하면 한라산을 중심으로 성城을 세 겹을 둘렀어. 한라산에 가장 가까운 성은 가장 위에 있으니까 상잣이라 했고. 옛날에는 성을 '잣'이라 했거든. 그 다음을 중잣, 그 다음을 하잣이라 했지. 그래 놓고 성하고 성 사이에서 말을 놓아 기른 거지. 그러면 산으로도 못 달아나고 해변으로도 못 달아날 거 아니겠어.

그 말 가꾸는 사람을 목자라 해. 말 도망도 못 가게 하고 물도 잘 먹여 주고, 사방을 딱 지키는 거지. 관청 심부름만 하는 거야. 관청의 말이니까. 나라에서는 그 목자한테 한 달에 얼마씩 월급을 주는 게 아니고 목장 부근에 땅이 조금 있으면 "너, 요 땅 빌어 먹고 심부름 해라"고 명령하거든. 그러면 싫어도 어쩔 수 없어. 농사 지어서 곡식이 남아도 좋고 모자라도 어쩔 수 없지.

한 해는 흉년이 들어서 굶게 되었어. 이 칠소장 목자가 소문을 들으니 '중문이 동동네 변邊 아무개가 부자로 잘 살아서 곡식이 많이 있다'는 거라. '이 어른신한테나 가서 조금 곡식을 빌어다 먹을 수밖엔 살 수가 없다' 해서 변당장 집에 왔거든. 덮어놓고 "소인 절합니다" 하면서 절을 하니,

"게 뉘냐?"

"저는 칠소장의 목자 아무개입니다."

"어째 왔나?"

"저는 목장 심부름을 책임지는데, 이 늦은 봄에 흉년이 되어 절량絶糧이 되어 가지고 할 수 없으니 상주님한테 곡식을 조금 얻어 가려고 왔습니다."

"나한테 뭐 곡식이 있나? 없어."

"그렇습니다만, 소문에 상주님한테밖에 곡식이 없다 해서 빌리러 왔으니 다소 조금 갈라 주십서."

"없어."

"그대로 청구할 수야 있습니까? 제가 논 한 판이 있으니 제 논을 사십서. 그 값으로 곡석을 조금 주십서."

이 하르방이 논이라고 하니까 욕심이 생겨 가지고

"너, 논이 어디 있느냐?"

"오줌이골에 있습니다."

중문이 서쪽에 나가면 색달리 앞에 논이 있는데 그걸 보고 '오줌이골, 오줌이골' 했대. 논 이름이 참 묘하기도 하지.

"오줌이골? 거기에 논이 얼마나 있느냐?"

"보리씨 한 마지기 있습니다."

"어, 그래? 값은 얼마나 받겠느냐? 거 곡식 한 섬만 받아라."

"예, 그것도 좋습니다."

"논문서를 해 오라."

"예, 문서 해 드리겠습니다."

이 목자가 심부름꾼이긴 해도 글을 아는 목자라. 남의 힘을 빌리지 않고 자기대로 문서를 써 왔어.

"문서 가져 와시메왔으니 보십서."

변당장은 부자이긴 해도 무식한 하르방이라. 하늘 천天 자字도 몰랐지.

"난 미안한 말이지마는 글 잘 모르는 사람이니까 너라도 읽든지 해 봐."

"읽을 건 뭐 이십네까있습니까? 논문서일 뿐입니다. 후에 논 갈 때 되어서 연락하면 제가 와서 논을 가리키겠습니다."

"고맙다. 곡식 한 섬 튼튼히 묶어 지어 가라."

이렇게 해서 거래가 되었거든. 다음 해 늦은 봄이 되어서 밭 갈 때가 되니 변당장이 사환을 불러서 시켰어.

"와서 논을 가리키면 논 갈겠다고 해라."

뒷날 아침은 아닌 게 아니라 사람이 왔는데 목자의 처가 온 거라. 변당장은 밭갈쇠에 쟁기를 탁탁 신고

"가서 가리켜라."

그러니 목자 처는 앞에 서서 걷고 변당장은 뒤에서 쫓아가는데 저 천제연 내川 조금 지나면 골짜기에 논이 있어. 그게 오줌이 골이라. '오줌이골 논'이라고 하지. 이 여자가 처음 나갈 때는 한

길[大路]로 가다가 논에 거의 당도해 가니까 논 가까운데로, 지름길로 들어가는 거라.

"왜 거기로 가나?"

"여기로 가는 뎁니다. 여기로 가야 더 가깝습니다."

지름길이라고 하니까 변당장은 그저 소 몰고 뒤에 따라갔거든. 요즘도 거기는 나무가 많지만은 옛날엔 더 수풀이 지고 어수룩한 데가 많거든. 아, 그런데 갑자기 이 계집이 "이리 옵서" 하면서 아래를 홀딱 벗어놓고 그 수풀 우거진 데에 벌렁 자빠지는 거라.

"이거 논이니 갈고 갑서."

여자의 오줌 싸는 데가 논이라는 거지. 그래서 그 논을 '오줌이골 논'이라 하는 거고. 그 논을 갈고 올 건가, 말 건가? 이것이 문제라. 처음부터 장난하는 생각으로 갔다면 몰라도 논을 가르쳐 주겠다고 해서 가다가 그런 지경을 당하면 어떤 비위 좋은 놈이라도 부에화만 나지. 별 옥같은 기집이고 아무리 아름다워도 차지하기 싫다 이거여.

어처구니가 없었지. 소를 두드려 몰아서 집으로 와서 생각해 보니, 이런 변고가 있을 수 있나. '내가 글을 몰라서 그놈한테 논문서에 속아 이렇게 된 게 아닌가? 논문서에도 이렇게 했는가? 논문서를 어떻게 썼길래 날 이렇게 속였는가?'

그래서 논문서를 찾아가지고 글을 아는 동네 사람에게 갔어.

"요거 봐 줘."

글 아는 사람이 보고 나서는

"난 모르쿠다모르겠습니다."

"무사왜 모르커라게? 그거 뭐…."

"엇수다아닙니다, 난 모르쿠다."

'거 이상하다!' 하면서 다른 사람에게 갔지.

"요거 봐 줘."

그 사람도 빙삭빙삭 웃음만 지으면서

"난 이거 모르쿠다."

"무사? 웃는 걸 보니 아는 모냥인데."

"엇수다. 모르니 웃는 겁주. 어디 잘 아는 데 가십서."

할 수 없이 글을 제일 잘 아는 사람한테 갔단 말이여. 그 사람도 역시 웃기만 하면서

"나, 이런 거 몰라 몰라."

"아무, 아무 사람한테 다 물어도 '모른다, 모른다' 하니 실지로 몰라서 그런 건지, 알아서 그런 건지 모르나 당신일랑 꼭 바른 대로 말해 줍서."

그러니까 그 사람이 한참 웃다가

"에, 불가불 바른 대로 말하주. 이거 논문서로군?"

"예, 논문서우다. 어떵 써수과쪘습니까?"

그런데 옛날에는 밭 번지 같은 게 없었어. 평수도 없었고. 번지가 없이 사표四標로 표시했는데, 그러니까 내 밭 동서남북에 누구네 밭이 있고 무슨 길이 있느냐 그거에 따라서 내 밭을 정한 거야. 남의 밭을 기준으로 내 밭을 정한 거지. 동은 누구 밭, 서는 누구 밭, 북은 무슨 길 이런 식으로 말이야. 그리고 또 몇 평이라고 하는 대신 '보리씨 한 마지기' 또는 '좁씨 한 마지기'라고 했지. 보리씨나 좁씨를 한 말 뿌릴 수 있는 너비의 밭이라는 뜻이지.

변당장이 이 문서를 하도 잘 읽어 달라 하니까 그 사람이 말하는 거라.

"내가 말하거든 들읍서."

"듣고 말고."

"논은 오줌이골에 있다. 동은 각脚동산, 서도 각동산. 북은 베또롱배꼽동산, 남은 허구대야[海口大洋]."

여자 오줌싸는 데가 논이면 동쪽에도 여자 다리이고 서쪽에도 여자 다리 아니라? 북쪽은 배꼽이고 남쪽은 아래니까 물이 나오는 논이라는 뜻이지. 이 오줌이골 논 주변 모양새가 이렇게 생겼거든. 이런 지형이니깐 이런 이름이 붙은 거거든. 이 목자가 흉년이 들어서 배가 고프니까 요 땅 모양을 이용해서 자기의 각시를 팔아서 변당장을 골려먹은 거지. 하긴 공짜는 아니지만.

변당장이 이제야 문서의 뜻을 알아들었어.

"옳다, 요거로구나. 기집년을 놔서 논으로 만들고, 문서를 맨들어서 날 얼멕였구나골탕먹였구나."

너무 창피해서 문서 봐 준 사람네 집을 나오자고 하니 눈이 캄캄하고 머리가 어질어질했지. 부인보고 말했어.

"내가 글을 모르기 때문에 이런 욕을 당했으니! 글도 사람 하는 거 아니냐. 자식일랑 어떻든지 우리 글공부 시켜 보자."

부부간에 굳게 기약했지.

"별 죽을 일이 있어도 이 자식일랑 공부만 하지, 검질꺼기지푸라기라도 하나 가져오라 하는 심부름일랑 시키지 말자."

2) 자식이 공부를 안 하니 배를 가르노라

옛날은 서당에 해가 뜨자마자 새벽에 갔어. 아침이 되면 '조반 먹고 오라' 해서 집에 보내고 점심, 저녁도 집에 가서 먹고 오라고 했지. 변당장네 집에서도 공부하는 아이가 점심 먹으러 왔거든. 변당장은 멀지 않은 데에 밭을 갈러 갔는데 점심때가 되어서 무심코 먼 데를 바라보니 어떤 아이가 점심그릇 같은 걸 가지고 오는 거야. 밭을 갈면서 생각했지.

'내 자식은 아닐 거라. 그만큼 욕을 보고, 그만큼 약속을 했으니 내 자식은 아니겠지.'

밭만 갈다가 보니 누가 밭 안으로 점심그릇을 가지고 쑥 들어와. 자기 아들이네.

'야, 이거 안되겠다. 내가 그 기집년한테 그렇게 죽을 욕을 본 걸 다 알고 나랑 그렇게 약속을 했으면서도 아이에게 심부름을 시키다니 이게 사람이 할 짓이냐? 아무도 믿을 사람이 없구나. 난 이제 자살밖에는 할 게 없다.'

밭을 한참 갈다가 쟁기 확확 주워서 소에 싣고 집에 와서는 안에 들어가서 문 딱 잠그고 그 낫 같은 거 있으니까 그만 배를 잡아 갈겨 버렸지. 불행이면 죽었을 텐데 가죽만 끊어지고 오장五臟이 끊어지지 않으니까 살았지.

그후에는 부인이 아들보고 숟가락 하나 가져오라는 말을 안 하고, 그저 공부만 하라고 했지. 아닌 게 아니라 그 자식은 공부가 잘 되어서 과거를 보고 만개 군수가 되었다고 해.

아버지 변당장이 토신제 지낼 때 명주 한 동 놓으니까 '쓸 사람 하나 나겠다'고 했는데 그 말대로 된 거지. _중문동 대포

6-3. 돼지 도둑질

정의 고을에 큰 돗돼지의 제주 사투리이 있었어. 옛날 돗은 한 25관약 94kg 이상 되는 게 드물었는데 그때 아마 한 40~50관약 150~188kg 된 큰 돗이 있었어. 그러니 이 돗을 도둑질하려고 해도 가져올 수가 없다 말이야. 만일 돗을 죽여도 혼자서는 운반을 할 수 없으니. 그래서 둘이 돗을 훔치러 갔대. 옛날에는 외방을 가려고 하면 두루막 입고 행경行纏을 치지. 행경은 종아리에 묶는 베조각이지. 가난한 사람들은 두루막이나 행경을 베로 만들었어. 베가 값이 싸니까. 그런데 베옷은 또 상주들이 입는 옷이기도 하지. 이 사람들이 행경을 풀어서 머리에 두건으로 썼어. 그러니 영락없이 상주지. 그래 놓고 돗을 죽이니 사람들은 상주인 줄 알고 의심을 안 한 거지.

이제 어떻게 집으로 운반해 왔느냐 하면 들것을 만들었어. 옛날은 촌마을에는 전부 대문 대신에 정낭집으로 들어오는 길목에 대문

대신 가로로 걸쳐 놓는, 길고 굵직한 나무을 놨지. 나무 2개 해서 마당 입구에 걸쳐 놓으면 마소도 들어오지 못하고 사람들도 나무를 놓았다 뺐다 하면서 드나들기가 좋았어.

응열이는 천으로 들것을 만들어서 그 정황나무 두 개를 가져다가 그것에 끼웠대. 앞뒤로 들 수 있도록 말이야. 그렇게 들것을 만들어 놓고 거기에다 돗을 올려 놓고 톳을 덮었어. 톳은 바다에서 나는 해초인데 검은색이니까 사람들은 돗인 줄은 모를 거지. 앞뒤로 들것을 든 사람들이 상주들같이 두건 쓰고 베옷을 입었으니까 어디 가서 영장永葬 들고 오는 줄 알 거 아니겠어.

"아이고, 아이고. 유고有故한 어른이니 조금 피합서."

그러면서 왔지. 아 그러니 곧이 안 들을 수가 없는 거지.

"아, 거 밤에 누구가 어디 간 영장을 들고 가는 게로구나."

그렇게 돗 도적질을 했다고 해. 돗 도적질을 많이 한 사람이었는데, 근데 만약에 발각되는 날엔 꼭 갚았대. _중문동 대포

6-4. 변인태 이야기

1) 한라산에서 생긴 일

조방장이라는 건 직함 이름인데, 서귀진西歸鎭의 우두머리야. 요새 과수원 땅만큼이나 크게 성을 두르고 그 안에서 일을 보았지. 한번은 제주시 사람이 서귀진 조방장으로 왔어. 부부간이 같이 와서 사는데 부인네가 고향 집에 한 번 다녀올 일이 생겼어. 길을 모르니 안내할 사람이 필요했지. 조방장이 배인태를 불러 말했어. 배인태는 드리축축하고 그저 멍텅구리 모양으로 행세했거든.

"너 '거시기' 아느냐?"

"거시기가 뭐시라마씀무엇입니까?"

"사람 몸에 붙은 거다."

"사람 몸에 붙은 거마씀것입니까?"

"그래. 어느 게라고 너 지적해 봐. 가리켜 봐."

입을 가리키면서

"이거라마씀이것입니까?"

"아니다. 사람 몸에 붙은 게다, 이놈아!"

귀를 가리키면서

"예. 요겐가마씀요것입니까?"

"아니다게."

한참 앉았다가 눈 언저리를 쓸며 말했어.

"요게꽈?"

"아니다."

이러는 거 보니 요놈 거시기를 모른 놈이라. 이제 마누라를 안심하고 배인태에게 데려가게 해도 되겠다고 생각했지. 하지만 한 번 더 물어보았어.

"너 저 실지로 거시기를 모르나?"

"거시기란 말은 들었수다마는 어디 신디있는지 어느 게 거시긴지 모르쿠다."

콧구멍을 쿡 하면서,

"이건가 마씀?"

"아니다."

'요놈 정말 모르는 게구나!' 생각해서 말하길

"내일 아침에 일찍 차려서 우리 마누라를 우리 본댁에 데리고 갔다와."

"예."

다음 날 아침은 일찍 차려서 떠났지. 배인태는 앞장서고 부인은 뒤에 서서 가는데, 한라산을 넘어 가려 산중으로 드니, 길이 있어도 낙엽 떨어져서 덮어져 버리고 하니 길 흔적이 있기도 허고 하고 없기도 해. 한라산에 익숙한 사람도 길 잃기가 쉽지.

배인태도 일부러 그랬는지도 모르지만 막상 산중에 들어가니까 길을 잃어 가지고 동으로도 비틀 가 보고 서로도 비틀 가다 보니 캄캄하게 어두워져 버렸어. 그때가 음력 구월 그믐쯤 된 때여서 낮에는 괜찮아도 밤에는 눈도 조금 오고, 추울 때거든. 어쩔 수 없이 조방장 부인하고 배인태가 밤을 같이 지낼 수밖에는 없게 되었지. 이제 배인태가 너스레를 떠는 거라.

"허, 아이구 이거 참 길을 잃어서 죽게 됐습니다."

"아이구! 그러면 어떵 허코어찌하면 좋을까? 어떵 허코?"

"뭐 할 수 이쑤과? 불가불 이 산중에 머물 수밖에는…. 산중에 올라와노니 다시 되돌아갈 길도 못 찾을 거, 어디 인가人家도 없으니 산중에 머물 수밖에 더 있수과?"

배인태가 나뭇조각 꺾어진 거, 낙엽 이파리 등을 주워다가 한 평쯤 사방으로 에워싸서 조방장 부인이 잘 데를 만들어 주었어.

자기는 부인이 보이는 데 가서 삭은 나무 굵은 걸 주워다가 불을 탁 피워서 불 쬐면서 그저 툭하게 드러누었지. 좀 있으니까 부인이 그쪽으로 오는 거라.

"하이고. 사람 죽어지켜죽겠다."

"무사왜 이리 옵디가왔습니까?"

"아이고, 얼언추워서…."

"저레 갑써.

"어딜 가라는 말고?"

"아니, 잠 잘 데 만들어 주지 안 합데까? 무사 이레 옵데가게왔습니까?"

"아이고! 너는 경그렇게 멘도롱하게따뜻하게, 따스게따스하게?"

"아, 나와 같이 이서짐네까있어서 됩니까? 갑서 갑서."

그러니 부인네가 젊은 남자하고 같이 있을 수 없으니 다시 가서 조금 더 견디어 보다가 너무 추우니까 다시 와서는,

"하이고. 죽어지켜. 아고 죽어…."

"그거 어떵 합네까?"

서너 번째 오간 후에는 불 곁에 탁허게 앉는 거라.

"불가불 할 수 없다. 나 원 목숨이 아깝주, 어떵 할 수 있나? 내 여기서 밤 새주."

"그러다 조방장 알면 어떵 허잰…."

"하이고, 조방장이 알 리가 있나? 누게누가 봠시냐보고 있느냐?"

"게민 난 몰르메그러면 난 몰라."

이렇게 주고받다 보니 서로 화해해 밤일을 할 만큼 하고 다음 날 아침에 산중을 벗어나게 되었어.

길에 나오니까 부인이 말했지.

"너 서귀포 돌아가면 조방장이 물을 거여. 묻거들랑 진정대로 말하지 말라. 그대로 말했다가는 너 죽고 나 죽고 한다."

"예. 경그렇게 헙네까합니까? 난 몰랐수다마는 게민그러면 경협주 뭐."

조금 가다가 또 말을 허여.

"너 말하지 말아라."

"예."

거의 다 가니까 이번엔 배인태가 말했어.

"거 무사 자꾸 말하십니까? 나 원 신경 상傷해서 가면 조방장에게 말해질 듯합니다."

"말하지 말라."

"나 원 말해서 욕이라도 들엉 치워 버리지 원 자꾸 부탁해 가난 성가셔 못 베기쿠다견디겠습니다."

"저, 말허지 말면, 나 집에 가면 서마포 한 필 있고…."

옛날 서마포라는 건 제주도에 한 질 있을까 말까 한 아주 귀헌 물건이야.

"서마포 한 필 있고, 돈 열 냥 있져. 그거 마포 한 필 하고 돈 열 냥 줄 테니까니 말하지 말레이."

얼마쯤 가다 또 배인태가 너스레라.

"아이 머리 아프다. 여러 생각해 가난 머리 아프다."

"무사왜 머리 아프니게?"

"아 '말하지 말라, 말하지 말라' 하니까 똑 말해질 것 같아요."

혹시나 부인이 속여서 아니 줄까 보아서 엄살을 떠는 게지.

"거 왜 그러니?"

"서마포 주마, 돈 열 냥 주마 해도 뭐 주도 안 하면서 사람 괴롭게 하면 말해 버려야지."

"제발 말하지 말라."

집 올레에 들어서자마자 들어가서 궤반닫이 문을 통쇠로 왈강왈강 연 후 마포하고 돈 열 냥을 가져와서는 신신부탁하는 거라.

"요거 단단이 가낭해그네싸서 갖고 가라."

"그렇게나 하면 안 말허주."

그렇게 돌아오니 조방장이 우선 부인네보고 물어보았지.

"어떤 산길로 갔나, 고생하지 않았나?"

"아닙니다. 어제 밝은 때에 도달해집디다."

배인태를 불러서도 같은 말을 했어.

"너 부인 잘 모셔 갔느냐?"

"예, 밝은 때에 잘 가십쥐갔습니다."

2) 거짓말 할 겨를이 없습니다

강별장이라 하는 사람이 있었는데, 별장이라는 건 문관직이라, 양반이었지. 강별장은 그 별장직을 이용해서 재산을 더 이루자고 했어. 욕심이 과한 사람이었지.

일도 품삯을 주지 않으면서 남 빌려서 하고 남의 것을 가져 버리려고 하는 그런 사람이었어. 한번은 농사지은 밭에 검질김을 매는데 사람을 수십 명을 빌려서 했어. 검질을 잘 매고 있는가 안 매고 있는가 강별장이 감시를 하는 중에 배인태가 한 길로 서쪽으로 가고 있어. 배인태가 강별장을 보더니 절을 하거든.

"소인절수대小人絶首對."

"너 뉘냐?"

"서귀진西歸鎭 배인탭니다."

"오, 요놈 거짓말 잘한다고 하던데 거짓말이나 한 자리 해뒁두고 가려무나."

"예. 저는 전통箋筒 받고 감습니다가고 있습니다. 거짓말할 겨를이 없습니다."

하면서 서쪽으로 터져 달려가는 거야. 전통이라는 건 시급한 일이 있을 때 관가에 알리는 글이야. 그때 서귀포 앞바다에는 자주 왜선倭船들이 왔어. 왜놈들이 오면 재산을 가져가고 부녀자들을 괴롭히고 했기 때문에 남자들은 봉홧불을 올리고 당번해서 망을 보고 했지. 배인태가 전통을 가져가는 것도 왜선이 바다에 떴다는 말이라. 그 소식을 알리려고 급히 간다고 하는 게라.

옆에서 검질 매던 일꾼들은 이 말을 듣고 큰일 났다고 하면서 다들 일어서 집으로 가 버리는 거라.

"여嶼에 왜선이 들었다."

"나는 연대별장이노라."

"나는 망하니노라."

여嶼는 바다에 바위들이 쭉 이어져서 줄기처럼 뻗어나 간 곳인데 거기에 왜선이 들었다는 거라. 연대별장이나 망하니는 연대나 봉수대에서 봉화 올리고 망보는 사람들이고. 왜적이 들어왔을 때 이걸 소홀하게 하면 제주 목사한테 죽을 판이고 왜놈한테도 잡히면 죽을 판이야. 그러니 검질꾼들은 한 명도 없이 달아나 버렸어. 다들 가서 왜적 감시하겠다고 하면서 흩어져 버린 거라.

나중에 보니 여嶼에는 고사하고 아무것도 아니 들어왔어. 전통 가져간다는 말은 생거짓말이었던 거지. 그후에 또 강별장이 길가에 앉아 있는데 어떤 놈이 와서 절하는 거라.

"소인절수대小人絶首對."

"너 뉘냐?"

"서귀진 배인탭니다."

"어, 요놈 잘 엥겼다."

"무사왠 마씀말입니까?"

"너 아무 때에 저 거짓말해 가지고 내 일꾼을 모두 검질 못 매게 하고 요놈 오늘은 죽어야지, 내 손에…."

"참 고맙습니다. 아니 그때 '거짓말하라, 거짓말하라' 허난. 거짓말 안 했으면 그날 죽었을 겐디, 명령위반으로. 거짓말한 덕분에 오늘까지 살아 과연 죽여 주십서. 참말로 고맙습니다."

그러니 강별장깐에도 웃으면서 말했어.

"요놈, 할 수 없다." _서귀포시 중문동 대포

6-5. 송아지 미끼로 방어를 낚은 정씨

옛날 안덕면 사계에 어떤 정씨가 살았어. 이 집 가까이에 밭이 하나 큰 게 있는데, 한 해에는 가을 때에 이런 생각을 했어. '명년은 이 뒤헌[後園]에, 무엇을 해볼꼬?'

그러다가 삼麻을 갈아 보겠다 생각했어. 옛날에 정의 마을에서는 삼을 갈아 가지고 그걸로 실을 만들어서 베를 짜 입었거든. 그래서 이 사람이 밭에 땅을 잘 기름지게 해 놨다가 새 봄에는 삼을 갈아서 실을 뽑아 베를 짜 보겠다는 생각으로 밭에다가 구덩이를 조그만씩 조그만씩 윗구덩이 모양으로 팠어.

식구가 한 열 명 정도 되었는데, 뒤를 변소에서 보지 말고 그 구덩이마다 가서 보라고 했지. 그게 거름이 되거든. 가을로, 겨울로, 이른 봄까지 그렇게 기름지게 했지.

그렇게 해서 다음 해에는 삼을 갈았지. 땅을 기름지게 해 놓으니까 삼이 무척 좋아. 삼을 어떻게 하는가 하면 젓가락 같은 막대 양 사이에 삼줄기를 놓고 식식 훑어서 쭉 벗기면 싹싹 껍질이 벗겨지거든. 그렇게 한 다음 삼을 삶아. 삶아서 그 웃껍질들을 훑어 버리면 실이 나타나는 거라. 그래서 베를 짜고 하는 건데 그 껍질을 벗기는 게 너무 공이 많이 들어. 껍질을 안 벗긴 채로 뭐 하나 간단한 걸 만들자고 생각한 것이 괴기술고기 낚는 낚시줄이었어. 삼이 원체 많으니까 괴기술을 수천 발 만들었지. 가는 술이 아니고 무슨 닻줄만큼 굵직허게 만들었어.

그런디 술줄은 만들어 놨지만 낚시가 있어야 할 것인데 그 술에 적당한 낚시가 없는 거라. 마침 집에 아홉 근斤 되는 도끼가 막 닳고 닳아서 날이 없어지게 된 게 있었어. 이놈을 대장간에 가서 잘 녹여 가지고 때려서 낚시 하나를 만들었어. 아홉 근 도끼로. 그러니 그게 얼마나 컸겠어.

괴기술 있지, 낚시 만들어 놓았지, 이제는 적당한 미끼가 있어야 고기를 낚을 거 아니겠어. 멜멸치 같은 작은 것은 소용없고 큰 미끼가 있어야 될 거라.

한번은 산방산山房山 굽을 빙빙 돌더니만 두 살쯤 난 송아지가 혼자 멩멩 울면서 다니고 있으니까 요놈을 잡아서 바락 누리 죄니까 죽었대. 죽으니까 낚시를 송아지 입으로 끼우고 끄트머리는 송아지 꼬리쪽으로 봐 질 듯 말 듯 끼워 놓았어.

산방산 앞으로 가면 용머리라고 하는 큰 마루가 있는데, 바다

앞으로 쭉허게 내려간 마루야. 그 용머리 끝에 가서 서 가지고 괴기술을 수천 발 거기에 갖다 놓고 둥글게 사려 잡은 후에는 홍창홍창 놀리다가 파득 던지니까 그 앞의 형제섬 부근으로 가서 퉁허게 떨어지는 거라. 괴깃술 한 끄트머리는 산방산에 큰 생석生石이 있으니까 거기 딱 매어 두고 집에 왔어.

다음 날 아침 고기가 물었나 말았나 가서 술을 이렇게 당겨 보니 버짝전혀 움지이지 못함. 뻣뻣함이라.

'아, 이거 큰 공 들여 만들었는데 어디 돌에 낚시가 걸린 모양이다. 실패했다.'

이랬거든. 그러다가 재차 낚싯줄을 당기니까 줌막줌막 고기가 움직이는 듯해.

'하, 이거 뭐 큰 괴기가 걸었나, 물었나?'

혼자 당겨 보려고 해도 그저 줌막거릴 뿐, 술을 건질 못하니까 동네에 들어가서 향원들, 젊은 사람들을 다 동원했어.

"아, 내가 고기를 낚자고 저걸 바다에 던졌더니 고기가 물었는지 움직거리기는 하되 나 혼자 못하니까 와서 움직여 달라."

청년들이 모두 들어 막 당겨 보니까 큰 고기가 하나가 올라오는데 방어라. 아주 큰 고기지.

이놈 방어를 끊어 가지고 도금착만큼씩 잘랐어. 소 도금착이라고 방석만 한 건데 쇠길마 밑에 놓아서 소 등이 아프지 않게 하는 거지. 사계 전 부락에 도금착만큼씩 잘라서 각 호에 다 분리해서 주고 남은 것은 밭갈쇠밭 가는 소로 실어다가 젓을 담갔는데, 일 년 내내 먹어도 남았다고 해. _중문동 대포